重庆研究院园区

重庆学院园区

十年·零到壹

一次中国西部重镇科学探索的思辨对话

唐文龙 著

ten years
zero to one

Chongqing
Institute of Green
and
Intelligent Technology,
Chinese Academy
of Sciences

2011-2021

重庆出版集团 重庆出版社

图书在版编目(CIP)数据

十年·零到壹:一次中国西部重镇科学探索的思辨对话 / 唐文龙著. —重庆:重庆出版社,2023.9
ISBN 978-7-229-17541-2

Ⅰ.①十⋯ Ⅱ.①唐⋯ Ⅲ.①纪实文学—作品集—中国—当代 Ⅳ.①I25

中国国家版本馆 CIP 数据核字(2023)第056935号

十年·零到壹——一次中国西部重镇科学探索的思辨对话
SHINIAN·LING DAO YI—YICI ZHONGGUO XIBU ZHONGZHEN KEXUE
TANSUO DE SIBIAN DUIHUA
唐文龙　著

责任编辑:徐　飞　卢玫诗
责任校对:何建云
装帧设计:李南江

重庆出版集团
重庆出版社 出版
重庆市南岸区南滨路162号1幢　邮政编码:400061　http://www.cqph.com
重庆出版集团艺术设计有限公司制版
重庆天旭印务有限责任公司印刷
重庆出版集团图书发行有限公司发行
E-MAIL:fxchu@cqph.com　邮购电话:023-61520646
全国新华书店经销

开本:787mm×1092mm　1/16　印张:14.25　字数:216千
2023年9月第1版　2023年9月第1次印刷
ISBN 978-7-229-17541-2
定价:59.00元

如有印装质量问题,请向本集团图书发行有限公司调换:023-61520678

对于未知的世界，

我们始终心存敬畏和憧憬；

对于未知的探索，

我们始终饱含激情和斗志。

谨以此书

向中国科学院重庆绿色智能技术研究院成立十周年献礼！

献给为重庆科技发展作出贡献的所有支持者！

CIGIT，CAS
2011—2021

策划委员会

策划委员会主任

袁家虎

策划委员会副主任

韦方强　张长城　陈永波　刘　鸿

策划委员会成员（按姓氏笔画排序）

王化斌　王邦祥　王德强　尹韶云　石　宇　石明全　龙　晖
史浩飞　冯　勇　关媛媛　苏海锋　李　礼　李　哲　李百炼
李向东　李连发　杨大坚　肖　云　吴文渊　吴胜军　张　炜
张　矩　陆文强　陆仕荣　陈　阳　陈　明　范树迁　尚明生
郑　彬　赵洪泉　段国华　贺　耘　唐祖全　彭晓昱　蒋红兵
曾春雨　曾思栋　黎　静

编　辑

张莉娅　李　静　文　杰　黄菊萍

拥抱这个创业的时代

袁家虎

中国科学院重庆绿色智能技术研究院院长

—

2014年10月9日，这个秋日，有温暖的阳光，也有收获的果实。

中国科学院、重庆市政府、国务院三峡办联合举行隆重会议，对中国科学院重庆绿色智能技术研究院筹建验收。

时任中国科学院院长白春礼代表三方郑重宣布：高质量完成筹建。

这一刻，全场掌声雷动！这一刻，更让我心潮澎湃！

三年半的艰苦努力，重庆研究院作为中国科学院序列的国立研究机构，转入正式运行，一批又一批科技工作者昂扬奔赴科技创新前线。

我在会上以饱满的热情向各界汇报了三年半的峥嵘岁月，激动地表示："感谢这个时代！"

是的，这是一个需要创新驱动的时代。

我国社会经济经过改革开放30多年的迅猛发展，经济体量已跃居世界第二，许多产品的产量雄居世界第一，成为最大的制造大国。然而，虽大并不强。我们在部分高端制造方面还经常受制于人，消耗原料、浪费资源、污染环境等等，均制约了经济的持续健康发展。技术创新成为我国新时期发展的关键。大力发展科学技术，以科技创新推动社会经济发展成为时代的最强音。

正是在这样的时代大背景下，重庆研究院应运而生！

有了这样的时代，才有这样的事业！

这还是一个需要创业的时代。

重庆研究院完全是"从0到1"的创造。从发展规划、团队引进、园区建设、实验室设计，到项目争取、科学研究、成果转化，我们通过三年半紧锣密鼓的工作，规范了流程且已初具规模，走向社会且崭露头角。这本书着重记录了这个阶段的方方面面，记录了这一时期我和我的战友们表现出来的热情似火的豪情、不怕困难敢想敢干的魄力、初生牛犊雷厉风行的勇气……

今天回想，依然让人激动不已，难以忘怀！

这样的时代，给了科技工作者们创业的平台和实践机会，让他们大有可为。

这更是一个大众创业的时代！

创造重庆研究院的人们，不管是已经离开，还是继续在这儿奋斗的，都是我国科技界普普通通的一员。我们有喜怒哀乐，有吃喝拉撒睡，有成长的压力、有子女教育的烦扰……但我们没有忘记使命，没有放弃责任，没有随波逐流。面对一个又一个目标，我们一直在努力！创业路上，发生了很多很多故事，让人感动，也让人感慨。实际上，正是因为每个人的努力，有了大家的积累，才形成了今天的样子。重庆研究院的大厦是时间的积累、每个职工的积累、大家一点一滴心血凝结！

平凡人的不懈追求，也能成就不凡的业绩！

岁月如梭，十年过去！经过岁月的洗礼，重庆研究院少了少年的青涩，有了成熟的步伐。

斗转星移，时光荏苒。

当今世界百年未有之大变局加速演进，新一轮科技革命和产业变革突飞猛进，科技创新成为国际战略博弈的主要战场，围绕科技制高点的竞争空前激烈。

中国在新一轮科技革命浪潮中正在迎头赶上。

习近平总书记指出："我国自主创新事业是大有可为的！我国广大科技工作者是大有作为的！"

谋划未来，必须深刻领会总书记重要讲话精神，深入分析新时代特征，认真践行新发展理念，力争在构建新发展格局中展现新作为。

形势逼人，挑战逼人，使命逼人。

加快创新发展，是重庆研究院的责任，更是广大科研工作者的责任。

面对过去，我们充满感恩；面对未来，我们永怀激情。

我们的目标是高远的，我们的任务也是艰巨的。

我们前进的过程是曲折的，我们依然需要不断开创局面，依然需要大胆创新。

面对过去，我们有了一点点成绩，但绝不是守成的资本。面向未来，只有保持创业的姿态，奋斗的姿态，才能不负时代的重托！

时代在发展，创业在路上！

我和我的同事们，正在拥抱这个创业的时代！

contents
目录

拥抱这个创业的时代
001-003

1 走向未知的惊喜
001-044

一无所知的世界,走下去就会有惊喜。
这一天,可能天空中飘着片片雪花,北方的一
望无际里,到处都是厚厚的白色。中国的传统
文化中,"瑞雪",是可以"兆丰年"的。
这一天,还可能是阳光普照,在这个季节中的
北方,丝丝暖阳带来的慰藉,让每个人的内心
都充满了温暖和力量。
……

2 竹溪河边清风起
045-115

三月,有清风,有薄雾,还有阳光。
三月的重庆,有桃花的红,也有菜花的黄。
三月的重庆,一切都在苏醒,一切都有可能。
……

3 梧桐花开凤凰来
117—178

未知，总是充满着惊喜，生活的魅力和感动，
皆来源于此。
所以，最幸福的时刻永远是未知的下一秒。
······

4 智者不惑从者明
179—212

与智者对话，始终是一件幸福愉悦的事情。
与智者对话，却又是一件劳神费力的事情。
幸福愉悦，是因为智者的语言会给你带来新的
思维启迪。
劳神费力，是因为智者的语言会让你产生更多
新的思考。
······

未知已知(代后记)
213—216

走向未知的惊喜

一无所知的世界，走下去就会有惊喜。

这一天，可能天空中飘着片片雪花，北方的一望无际里，到处都是厚厚的白色。中国的传统文化中，"瑞雪"，是可以"兆丰年"的。

这一天，还可能是阳光普照，在这个季节中的北方，丝丝暖阳带来的慰藉，让每个人的内心都充满了温暖和力量。

……

1

ten years
zero to one

CIGIT，CAS

1

——

一无所知的世界，走下去就会有惊喜。

这一天，可能天空中飘着片片雪花，北方的一望无际里，到处都是厚厚的白色。中国的传统文化中，"瑞雪"，是可以"兆丰年"的。

这一天，还可能是阳光普照，在这个季节中的北方，丝丝暖阳带来的慰藉，让每个人的内心都充满了温暖和力量。

位于北京海淀区的中国科学院院机关办公大楼里，也一样温暖。

时任中国科学院党组成员、副院长的施尔畏，正用他习惯的饱含激情且富有感染力的语言在"排兵布阵"。

1955年出生于上海的科学家施尔畏，在韩国国立釜山大学做完博士后之后，一直在中国科学院上海硅酸盐研究所任职，长期从事人工晶体生长与理论研究，提出了计算晶体学思想。走上领导岗位后，施尔畏先后担任过中国科学院上海硅酸盐所所长，中国科学院副秘书长、秘书长、副院长、党组成员等职务，是一位既熟悉具体科学研究，又熟悉科学管理的资深专家。

2010年12月18日，一个和平常时日没什么不同的一天，但对远在北京1700多公里外的中国西部唯一直辖市重庆来说，却是一个值得记忆的日子。当然，在3000万重庆人民的感知之中，除了极个别人以外，还没有意识到这一天对于这座城市将会带来的意义。

一个国家，或者是一个地方的发展，同样会牵动一些个人命运的改变。

在施尔畏的办公室里，47岁的袁家虎和比他小3岁的高鹏，比他大1岁的战超，各自的命运也在悄悄改变。

都是年富力强的年龄，也都是干事创业的年龄。

施尔畏这天的"排兵布阵"讲了很多，一如平常的讲话一样，侃侃而谈的语言很具有鼓舞性，但归根到底就是一句话："你们仨，到重庆去，筹建中国科学院重庆研究院。"

这个决定，注定会对中国西部重镇重庆的科学技术发展带来重要影响；当然，也让袁家虎、高鹏、战超三人的个人命运发生了重大转变；以至于10年后回忆起这一天时，三个人都因当时太过专注，而不记得那天天空中是飘着雪花还是阳光普照。

这一去，将会有更多的未知故事产生。

这一去，在他们的未知世界里，充满了惊喜，也充满了坎坷。

未知，即是梦想。

追梦的路，就是干事创业的路。

激扬干事，创业立名，是中国几千年优秀传统文化的沉淀。

这里，有必要对他们三人进行一些简单的介绍了。

袁家虎，博士，研究员，博士生导师，1963年8月出生于湖北武汉，1985年毕业于华中工学院，1988年在中国科学院光电所获硕士学位，1999年在四川大学获博士学位，先后在中国科学院光电所任研究室副主任、主任，所长助理，副所长。2008年起，先后担任中国科学院成都分院党组书记、副院长、院长。先后承担过国家或部级重大科研项目十多项，在空间光学和光学加工等研究方向具有良好的造诣。

高鹏，1966年8月出生，祖籍河北深县，1985年从长春建筑材料工业学校毕业后，被分配至国家建材局天津水泥工艺设计研究院工作。1988年，高鹏考取北京理工大学机电工程系，完成了硕博研究生连读。1999年，在中国科学院计算技术研究所完成博士后之后，留院担任了计算技术研究所所长助理。以后的十多年里，高鹏先后在中科院人事教育局、研究生院工作。2009年4月，担任中国科学院研究生管理学院执行院长、党总支书记。

战超，1962年11月出生，山东莱阳人，1985年上海复旦大学计算机科学系毕业后接着在中国科学院计算技术研究所攻读硕士学位。硕士毕业后，先后在中国海洋石油测井公司、中科院计算技术研究所国家智能机开发与研究中心工作，后来先后挂职北京市经济委员会副主任、北京工业促进局副局长。挂职结束后，回到中科院担任高技术产业发展局总经济师、院地合作局西部处处长。2009年开始在中国科学院科技副职工作办公室任副主任。

他们的共同点是，既有在一线进行科学研究实践的经验，又有多年的科学管理工作经验。

就这样，三人未来几年的事业发展之路被"捆绑"到了一起。

这样的"捆绑"，其实是很具有戏剧性的。

在这之前的几天里，远在四川成都中国科学院成都分院的院长办公室里，袁家虎接到了一个电话。

拨打电话的是中国科学院人事教育局局长李和风，但与之通话的却是分管院地合作的中国科学院副院长、党组成员施尔畏。

施尔畏在电话里告诉袁家虎："中科院已经研究决定：马上开始筹建重庆研究院。"

这时候的袁家虎还在想：成都分院为重庆研究院的筹建，起到了很重要的推动作用，也参与了很多前期工作，现在终于决定开始建设，通知一下作为成都分院院长的自己，属于工作需要和情理之中，无非是要求成都分院多给予一些支持和帮助。

但施尔畏接下来的话却让袁家虎吃惊了："院里研究决定：让你去负责筹建工作，你觉得怎么样……"

"总不能让领导在电话另一头一直等着吧！"后来回忆起这个细节，袁家虎自己都觉得有些意思，"这完全只能靠直觉嘛，根本就没法去权衡利弊，更没法去考虑什么家人的感受。只能凭着感觉走了。"

停顿了一会儿，其实也就是几十秒的时间："去，我愿意去。"

"去了之后，你可不能继续担任成都分院的院长了。"施尔畏给袁家虎来了个更"猛"的要求。

"这不是直接把我的后路给断了么？"

当然，这话他并没有说出口，只是在以后的回忆过程中，善意地去"调侃"了一下自己的这位直接上级真"狠"。

"既然去重庆了，成都分院这边的院长肯定没法继续当了……"袁家虎其实也给自己"断了后路"，在和施尔畏通话的同时，他也在暗自考量：一个人毕竟精力有限，同时做好两件事是不可能的。重庆研究院作为一所新建院，即便投入百分之百，甚至百分之两百的精力都可能不够，这样的情况下怎么可能继续担任成都分院的院长呢？不过，如果能继续担任，也是有好处的，筹备过程中就可以借助成都分院的力量。作为在1958年11月成立的中国科学院四川分院基础上，历经西南分院、下放四川省管理阶段，后在1978年重建分院并改名的成都分院，经过50多年的发展，已经成为西南地区综合性科学研究基地、高级人才培养基地和高新技术产业化基地，拥有一批具有国内领先水平和国际先进水平的国家级重点实验室、工程技术中心和野外科学台站。学科领域包括数学、化学、生物学、地学、力学、光学、电子学、机械学、材料科学、计算机科学、文献情报学等，在自适应光学、先进光学制造、山地灾害防治、天然产物、遗传育种、生物资源可持续利用、催化技术与绿色过程、手性技术与工程、功能高分子材料、高速机器视觉、智能分析技术、真空镀膜、科技情报咨询服务等方面具有很大影响力。

就这样，袁家虎在短短的十几分钟时间里，通过电话就决定了自己后半生的命运。

其实很多时候就是如此，一些重大决定，往往只需要那么几分钟。

以至于十年之后聊起这段往事时，他也仍然充满感慨："其实我也不糊涂，成都分院的院长当得好好的，非要去重庆筹建研究院，级别也都是一样，或者从某种角度说，成都分院还要高那么一点点儿，这一去，相当于是从一个高位置到了一个相对低位置的岗位。"袁家虎笑了笑继续说，"就更不要说在成都的生活环境了，家人们都在一起，互相都有照料。一来重庆，两地分居，真的不容易……"

但袁家虎也有自己的"私心"："来人世一遭，总要做点儿事。"从小受"青史留名"传统教育影响的袁家虎，内心深处始终保存着大丈夫当敢闯敢拼的气势，和干一番事业的梦想。所以在施尔畏电话征求意见的那一瞬间，豪气就被激发了出来，也下定了"置之死地而后生"的决心。

特别是自己本身就是一名长期在科研一线从事具体研究工作的科技研究人员，内心中对于未知的探索激情始终不改，去创办一所面向未来的研究机构的夙愿终于有机会得以实现，怎么能够失去呢？

开创一番全新的事业，从零开始，未来可期。

12月的成都，树叶依旧像是新的，树干也依然饱满挺拔，几只小鸟飞上树梢，然后又飞向远方。

只要有一丝暖阳，成都人都会相互邀约，找一户农家院子，或是一家茶馆。

一壶茶，或是一桌麻将，就可以是一个下午，更或是一个周末。

空气，似乎都是慵懒的。

按照施尔畏副院长指定的时间，袁家虎没时间欣赏这些美景，更没时间享受这份慵懒，甚至都来不及收拾行李，简单地抓起公文包，就前往机场飞向北京。

在成都分院的办公楼下，匆匆出门的袁家虎碰见了时任成都分院党组书记、副院长、纪检组长的王学定。王学定准备前往甘肃兰州参加研究生的论文答辩。

两人这次出门碰面的细节在很多年后，王学定都还记得十分清晰："两天后我们各自再回到成都时，他跟我说要去重庆筹建研究院，于是我们一起去了重庆。"那是王学定在成都分院工作以来第一次去重庆，12月25日，重庆街头很热闹，他们一起吃了顿热气腾腾的火锅。

当然，这都是后话了。

在施尔畏的办公室里，袁家虎见到了将和自己一起去"搭班子"的高鹏和战超，这时候，他才知道他们也几乎和自己一样，在电话里短短几分钟就作出了决定。

对于战超，袁家虎是熟悉的。战超还在中科院院地合作局担任西部处处长时，经常到成都和重庆出差，所以两人多有接触并随之熟悉。战超在院地合作局担任西部处处长有5年多时间，也算是局里的"老处长"了，后来又在副职工作办公室工作，熟悉中科院的干部管理体系。而且在前期建设苏州纳米技术与纳米仿生研究所、烟台海岸带研究所、青岛生物能源与过程研究所等院所的时候，都有机关干部下去任职的先例，所以在接到去重庆担任筹建组副组长的电话征求意见时，战超并没有感到有什么奇怪。而且因为在担任西部处处长时，也多次为筹建重庆研究院到重庆出差，对情况相对熟悉，他同样没有更多考虑就作出了决定。

而高鹏，在袁家虎的记忆中只见过一次。高鹏有一次到成都分院招聘学员，两人在一起吃过一次饭。前面介绍了，高鹏祖籍河北，但生在辽宁，长在辽宁，从本科到博士都是理工科，后来到中国科学院大学经济与管理学院担任执行副院长。在任副院长时，有着"中国风险投资之父"之称的成思危先生就担任该院院长。成思危先生是我国著名的经济学家、博士生导师，先后担任过全国人大常委会副委员长，民建中央主席，中国科学院大学管理学院院长，中国科学院研究生院管理学院院长，中国科学院虚拟经济与数据科学研究中心主任等重要职务。由于成老事务繁忙，在中科院几个岗位兼任职务时，高鹏相当于是成老的助理。在成老身边工作久了，成老严谨的科学态度，充满激情的创业精神，给了高鹏很大影响。

而且更有意思的是，在高鹏到国科大工作之前，一直在中国科学院计算技术研究所里工作，领导班子里面的其余几个人，都是在中国IT界响当当的人物。曾经的所长是开创中国乃至世界PC业神话，中国联想集团的创始人柳传志；当时的所长，也是高鹏的导师高文院士，是日本东京大学电子学博士，博士生导师，后来担任了中国科学院研究生院常务副院长，是前国家863计划信息领域智能计算机主题首席专家，在计算机应用领域有深入的研究和广泛的影响；党委书记邓燕，是开国上将、中国人民志愿军司令员邓华的女儿；高文的助手樊建平，也于2006年，受命到深圳创建了中国科学院深圳先进技术研究院并担任院长。在这样的环境中工作，用高鹏自己的话说："我们都是学计算机出身的，在其职业生涯启蒙的时候，就已经染上了烙印，那就是要把科技成果、实验成果，跟企业的发展结合起来，也就是进行成果的转化。我们都希望能有机会亲自去尝试一下。"

施尔畏副院长这天虽然讲了一个多小时，但其内容并不复杂，归根结底就是中科院领导层已经经过慎重研究，路甬祥院长也作出重要批示，要和重庆深度合作建立研究院，这是重庆作为西部地区唯一直辖市转型发展的需要，也是中科院科研发展与布局的需要。

他最后说："你们三个去，下个星期就到重庆去，去开始干活。"

一切，都是未知。

未知世界的无限性和个人认识能力的有限性充满了矛盾，人类正是在解决这种矛盾中获得新知的，同时也是在这种矛盾性中的无限可能，给予了很多人为之探索和努力的激情。

但这时候的三人却面面相觑，要建一家新的科研单位，和地方政府是否达成了协议？协议的内容是什么？到重庆具体的什么地方去建？怎么建？朝着什么样的方向建？给多少编制？有多少筹建经费？有多少科技人员……

来不及讨论这一系列具体问题，三人就在施尔畏副院长这位"司令官"的"点将"和"催促"之下，约定了到重庆会合的时间。

2
——

千里为重，广大为庆。

山城重庆，是长江和嘉陵江的交汇之地，古称江州，以后又称巴郡、楚州、渝州、恭州。公元581年隋文帝改楚州为渝州，重庆开始简称为"渝"。公元1189年，宋光宗先封恭王，后即帝位，自诩"双重喜庆"，升恭州为重庆府，重庆由此得名，距今已有800多年历史。

重庆还是中国第四个，也是西部地区唯一一个直辖市，是国务院批复确定的中国重要的中心城市之一、长江上游地区经济中心、国家重要的现代制造业基地、西南地区综合交通枢纽。

重庆更是长江上游地区的经济、金融、科创、航运和商贸物流中心，国家物流枢纽，西部大开发重要的战略支点、"一带一路"和长江经济带重要联结点以及内陆开放高地、山清水秀美丽之地；同时也是西南地区最大的工商业城市，国家重要的现代制造业基地。

无论是中央对于重庆的定位，还是重庆对于周边省份的带动辐射，更或是重庆自身发展的需要，都迫切需要强有力的科学研究力量的支持。

所以无论是个人的创业发展，还是科学发展需要，重庆都大有可为。

早在2001年以前，介于一些企业的需求和一些专家自身的愿望，重庆市就已经和中国科学院进行过一些合作，这也为以后的深入协作作了良好铺垫。

随着协作的深入，2001年重庆市人民政府和中国科学院就具体项目、平台建设、人才引进与培养等方面的合作签署了第一轮的合作协议。2006年，在第七届中国重庆高新技术交易会时，双方又签署了第二轮的合作协议。

这份协议，正式明确了中国科学院要在重庆建立分支科研机构。

协议虽然签署，什么时候建？怎么建？建成什么样的研究机构？围绕一系列问题，却还有很长的路需要走。

彼时，虽然中国科学院建立的分支机构很多，但大多都分布在省会城市。1997年，重庆成为直辖市之后，虽然其辖区内也有例如中国汽车工程研究院（中国通用技术集团全资子企业）、煤炭科学研究总院重庆分院（隶属于国有资产监督管理委员会所属的煤炭科学研究总院）、重庆交通科研设计院（转制为科技企业，整建制进入招商局集团）、中国农业科学院柑桔研究所（由中国农业科学院和西南大学共建）等一些研究机构，但总体来讲，要么已经改制为企业，要么属于高校的管理范畴，真正定位为国际前沿科学技术研究的大院大所，重庆少之又少，这与重庆的发展形势需要和经济社会的要求都极不匹配。

在重庆直辖之前，中科院在西部的很多科研机构都是布局在成都。

但直辖之后，重庆经济社会等方方面面发展都十分迅猛，对于科技的需求也越来越旺盛，建一所"国字号"的大型研究院迫在眉睫。

为推动第二轮合作协议尽早落地实施，重庆市专门成立了工作领导小组，时任重庆市科学技术委员会（2019年机构改革变为重庆市科技局）主任周旭任组长，分管科技成果转化和国际国内合作的副主任徐青任副组长。领导小组下设工作小组，徐青任组长，负责具体工作。

于是，徐青成了此项工作最早的几名推动者之一。

这位于高中毕业后就来到重庆大学求学的徐青，学业有成后一直在科技系统工作。她已经具有的重庆妹子执着、坚韧的性格秉性，被全部用在了中科院重庆研究院的筹建上，在基础调研、方案创定、争取中科院支持等方面，不达目的誓不罢休。

然而，工作的推动却是一波三折，坎坎坷坷。

首先是中科院和重庆地方二者之间契合度的问题。

"我们重庆的想法其实很简单直接，就是希望借助中科院的技术力量，来解决重庆的产业发展问题；而中科院毕竟要从全国科技发展布局的高度进行思考，比如当时新建的院所中，宁波是材料研究所，青岛是海洋研究所，深圳是先进技术研究院，广州是生物医药技术研究院……那么重庆到底建什么样的院所？这是当时比较困扰我们的问题。"回忆起当时面临的困惑，徐青至今感慨颇多，"中科院想把三峡生态环境保护作为研究的重点方向，这是国家关注的，也是重庆需要的；在这之外，我们重庆还希望能从装备制造研究着手，毕竟重庆作为老工业基地，大量的企业正在面临转型升级，急切需要高端科学技术研究成果的注入。"

准确地说，重庆是从政治的高度，以直辖市的角色，通过重庆带动西部地区社会经济进步，探索城乡统筹发展的角度进行考虑；中科院是从全国科技发展布局的角度考虑；两者之间必须要找到一个契合点。

2005年，重庆市拿出了"生态环境技术研究院"和"汽车装备研究院"两个版本的方案。

"但这样的版本其实是没有得到认可的。"徐青回忆，"做两个版本，从某种角度来讲，也说明我们自己还没想好到底需要怎么做，所以给对方做了选择题。"

这样的版本自然是不能得到中科院认可的。

徐青内心清楚：只有货真价实，真知灼见的方案才能打动中科院的领导和专家，做选择题，其实是我们自己没想好的表现。

于是，在重庆市委、市政府相关领导的关心支持下，重庆方面开始对重庆市自身的需求情况进行调研，以便拿出更有科学性的方案。

这次调研，是一次"摸家底"的过程。

跑区县，跑高校，跑科研院所，跑企业，无论是国企还是民企，每到一个地方，都认真听意见，了解他们想什么，差什么。

汽车领域，装备领域，材料领域，电子信息领域，了解国际国内最新研究成果，寻找中科院技术力量与重庆发展需要之间的契合点。

然而，就在开始大规模调研期间，另一种质疑的声音也开始出现了。

费这么大的功夫有用么？这种事儿就是自娱自乐，异想天开，肯定是办不成的。

甚至有个别声音说：没必要浪费时间和精力，肯定搞不成。

更有人说，把中科院引进来，就跟招商引资一样，要引就引马上见效益的企业，这种研究机构，要很多年才能出研究成果，不会马上给你带来效益，而且还得投入大量的资金，不划算。

面对质疑，重庆市委、市政府领导表现出了宽广的胸怀和坚定的意志。

在一次相关会议上，重庆市政府主要领导指出，促进中国科学院在重庆建研究机构的事儿是知识创新的问题，引进来之后，对我们整个产业的发展后劲和动力都会带来更大的力量。而且强调，把他们引进来之后，要助力把平台搭建好，他们就会源源不断地做出很多的创举，会聚集更多的人才到这里来。

这之后，也就是2006年，中科院开始全面介入，成立了一个和重庆市相关领导共同参与的领导小组。时任中科院院地合作局副局长孙殿义和徐青担任双办公室主任，制订出时间进度表，对重庆的产业技术需求进行全面调研。介于重庆作为老工业基地，在汽车产业比较有基础和优势的前提下，领导小组开始从装备制造产业、新材料、汽车电子等方面入手，制订了建设装备技术研究院的方案。

这个版本数易其稿，长达数万字，中科院和重庆市政府的领导都很重视。

但在徐青等人内心，始终认为还不够完善和准确。

于是接下来的是更大规模、更全面、更深入的调研、修改。

这样的调研、修改过程是枯燥而艰苦的。

亦如重庆夏天的天气，酷热而沉闷。

时间漫长，在考验着每个人的耐心，无论是具体的办事人员还是市级领导。

前期进行方案执笔的有重庆市科委的副处长蒋齐全，他白天晚上把自己关在办公室，用不停抽烟的方式为自己提神，以至于一推开门，整个房间烟雾缭绕，因而不得不为其换一间通风条件好的房间。

"那时候他的孩子也不大，爱人工作也忙，做调研写方案长期顾不了家，弄得爱人都有了意见，我们只好去做他爱人的工作，帮他们化解夫妻矛盾。"

至今回忆起来，徐青还充满歉意。

虽然一边去给别人做"思想稳定"工作，但另一边其实徐青自己也是忙得顾不了家。

不仅跑重庆市内的高校、企业、区县，摸清自己的家底，还跑全国各地的研究院，看别人的特色，了解别人的筹建过程，以达到"他山之石可以攻玉"的目的。

成都分院的光电技术研究所、生物研究所、山地灾害与环境研究所……沈阳分院的应用生态研究所、自动化研究所、青岛生物能源与过程研究所、大连化学物理研究所、烟台海岸带研究所……南京分院的地质古生物研究所、土壤研究所、天文台光学技术研究所……合肥分院的物质科学研究院、固体物理研究所……广州分院地球化学研究所、能源研究所……

几乎处处都留下了徐青及其团队的身影。

"不仅跑老的院所，更要跑新建立的院所。青岛海洋研究院、宁波材料研究院、深圳先进技术研究院更是少不了要去取经求宝。"徐青回忆，为了节省时间，她经常是凌晨飞一个城市，急急忙忙了解情况，中午又飞往另一个城市，下午调研走访，晚上再飞一个城市。

就在徐青带着团队四处调研的同时，周旭也在利用一切机会跟中科院领导对接，汇报重庆的工作进度和寻求支持。

无论是市委市政府主要领导，还是分管副市长吴家农，或者是后来的分管副市长童小平，只要到北京开会一有合适的机会，都会到中科院拜访相关领导和专家，表达重庆支持建立机构的强烈愿景和坚定决心。

或者是时任十届全国人大常委会副委员长、中国科学院院长路甬祥；再或者是时任中科院常务副院长、党组副书记白春礼（2011年2月任中科院院长、党组书记）；更或者是副院长施尔畏来重庆调研工作期间，周旭都会创造条件进行汇报呼吁。

2006年6月28日，白春礼常务副院长受邀到重庆进行了一场题为"科技发展态势与自主创新"的专题报告，围绕认识和把握科技自主创新的内涵，当代科学和技术发展态势的启示以及如何提升我国科技创新能力等问题，进行了精辟的阐述。

白春礼作为中国科学院院士、第三世界科学院院士，就在来重庆作报告的两个月之前的4月底，还当选为美国科学院外籍院士，在国内和国际科学界都有很大的影响力。他先后从事过晶体结构、分子力学和EXAFS等方面的研究工作，从20世纪80年代中期开始转入到纳米科技的研究，在国内外出版多本中英文著作，获国家和省部级科研成果奖励10多项。

报告产生了良好的影响。在谈到企业作为技术创新的主体时，白春礼说，我国市场需求大，自主创新的潜力也很大，企业最了解市场需求，产生的创新成果能真正服务于市场——说者无心，听者有意，这无疑让听报告的各级领导和科学工作者们更加认识到，在重庆建设"国字号"的科研机构迫在眉睫。

这个报告会，时任重庆市委书记汪洋亲自出席。二人还在会前进行了交流，汪洋表达了重庆市委市政府对于支持建院的决心。

报告会后，周旭抓住机会陪同白春礼参观了正在建设中的重庆科学技术研究院（简称"重科院"）。重科院当时叫做重庆市应用技术研究院，于2005年9月29日举行开工奠基仪式，这次参观时已经建设近一年时间，初具雏形。

陪同中，周旭建议可否将中央下放的一些院所和重庆的一些地方院所（如重庆工业自动化仪表研究所、重庆市机电设计研究院、重庆市硅酸盐研

究所、重庆市机械工业理化计量中心、重庆市日用化学工业研究所等）进行
整合，一起交给中科院，作为在渝的机构。

白春礼看见高大的办公楼，说可以作为一种思路进行考虑。

2008年，重庆市政府对周旭的这个整合思路进行优化，把中央和地方的
10个研究院所组建为正厅局级事业单位：重庆市科学技术研究院，成为了一
家集研究开发、中试孵化、成果转化和创新服务为一体的综合性科研机构和
地方科学院。

这次现场参观，让白春礼感受到了重庆建设国家级科研机构的迫切和
决心。

心急吃不了热豆腐，考验耐心和毅力的过程还在持续。

过程是煎熬的。

越迫切，越感到时间的缓慢。

时间的确久了一点，分管副市长因分工调整从吴家农变成了童小平。

周旭知道领导急，重庆经济社会发展的需求更急。

据2009年5月从市科委宣传统战处调到成果市场处专门负责推动建院工
作的处长冯光鑫回忆，他们当时做的一个报告显示，重庆市当时的市场活动
交易额在整个中国西部地区都排名第一，而这主要得益于企业的创新能力；
然而科研能力却很弱，科研成果的供给能力，支撑经济发展的能力，成果占
比还不到20%；这充分说明重庆市经济发展对于科技成果的需求已经十分渴
求，迫切需要通过创新出成果。也只有有了科技成果之后，才能支撑经济的
可持续发展，而科技成果需要高端的人才来做，人才是根本问题。要聚集更
多的创新型人才，对于在整体发展上与"北上广"以及东部沿海等城市还有
很大差距的重庆来说，需要"国字号"的大院大所作为平台依托。

雷声轰隆，一道闪电之下，长江水滔滔向前。

一浪推着一浪。

风急，浪更急。

3

———

　　徐青牵头的关于重庆市产业技术需求的调研持续了很长一段时间。他们知道，无论内心怎么急切，都必须要找到重庆市与中科院之间的契合点；他们更明白，中科院不是"救世主"，它的自身要发展，更要站在国家的高度，考虑科研机构布局和科技研究发展需要等系列问题。

　　在"装备技术研究院"这个版本的基础上，通过对重庆市产业技术的摸底调研，演化出了"应用技术研究院"的方案。当然，这个方案最终还是没有通过，但这个名字，却成了重庆科学技术研究院的前身，也就是"重庆市应用技术研究院"。

　　方案的演化过程同样是复杂而漫长的，但幸运的是，随着孙殿义等人的加入，速度正在加快，也为方案的最终通过增加了科学性和严谨性。

　　前面提到过，时任中科院院地合作局副局长的孙殿义和徐青担任双办公室主任后，各项工作更加有序和高效了。

　　孙殿义经常带领中科院从全国各地抽调来的专家团队，在重庆一住就是一个星期，甚至半个月。

　　他们把团队所有成员"关"在宾馆，吃住都在一起，对着大屏幕，一个字一个字地研究，一个段落一个段落地修改。

　　外面的天气火热且充满活力，里面的探讨同样火热而激烈。

这样的商讨活动，也绝非一次两次。

2009年5月接手这项工作的冯光鑫就经历过好几次。

这位最初在中国人民解放军第二炮兵部队服役，又从重庆警备区转业到重庆市委组织部工作的冯光鑫，到市科委工作后，先后在人事组干处和宣传统战处担任处长，既有军人的敢打敢拼、坚韧执着，又有组织人事干部的细致严谨、求真务实。

在他的记忆中，那段时间铁山坪山上天气已经很冷，但房间里同样讨论得火热激烈。

四五十人的队伍，汇集了方方面面的专家。

在这里一关就是一个星期，一个方向一个方向地论证，一个问题一个问题地解决。

围绕主攻的方向，确定研究院下面几个研究所的名称、组织架构、研究方向和运营管理模式，形成全方位的材料。

有了这次论证会，方向更加明确了。

这次论证会的结果，也更坚定了中科院相关领导在重庆建院的信心。

于是，孙殿义按照院领导的指示，再次组织了三十多名专家来到重庆，在某酒店的顶楼，连续几天对方案进行凝练。

如此，设立电子信息技术研究所、智能制造技术研究所、三峡生态环境研究所的雏形形成了。

从这里，可以俯视到长江，滔滔东去，满是期待。

其实，在这个方案之前，还起草过一个报告。

而这个过程，2016年调到重庆来担任副院长的张长城也印象深刻。

张长城，从小在陕西西安长大，在北京工作30余年。在中科院院地合作局西部合作处工作期间，作为西部处处长的张长城经常也会服务接待重庆方面到中科院沟通联系市科技合作工作的市领导，以及原市科委周旭、徐青、蒋齐全和冯光鑫等人，只是没想到，多年之后他会来重庆研究院工作。

那几年，为加强人才交流和锻炼，中科院与全国各地都在开展干部交流挂职，以加强院地合作等工作。2009年，张长城和重庆市科委来西部处挂职的李向东等一起接到任务，组织协调近20名中科院相关分院和相关科技专家，到贵州调研起草《贵州省产业技术需求调研报告》。重庆是贵州的近邻，在起草贵州方面的报告后，李向东建议并协调原市科委提供支持，张长城、李向东等人会同成都分院科技合作处相关负责人，组织专家班师重庆"苦干"近20天，开展《重庆市产业技术需求报告》的现场调研、研讨、起草等工作，按要求及时完成该报告的编印工作，该报告是未来重庆研究院筹建方案的必要基础材料。

继而，张长城又参与了筹建方案、共建合作协议以及选址、筹建沟通协调等工作。

这里稍微岔开一点，多说一点张长城。

和其他很多人一样，张长城本可留在北京工作的，但他选择了来到重庆。

"重庆研究院筹建的过程中，我参与了很多工作，也多次来到重庆，所以对重庆研究院产生了感情。"张长城说，"'感情'二字，说起来或许很虚空，也有人可能会觉得好笑。"

因此，他主动向组织申请，希望来重庆研究院工作。

其实他心里清楚，母亲在自己家生活了十多年，已经80多岁的母亲，又有心脏病，血压也不好，需要人在身边照顾："我哥哥在西安工作，所以确定来重庆工作后，就送母亲去了西安。"

在爱人退休后，张长城也把她接到了重庆生活。

为了实现中科院领导提出的将西部唯一共建研究所打造成"百年老店"的目标，他希望在重庆工作的几年，能为重庆研究院的发展多做一些事情。张长城笑笑说。

有的人在离开，有的人在坚守。

干事创业的路上，每一份选择都值得尊重，每一个选择都有自己的理由。

在后面的很多时候，我们还会叙述到这样的故事，离开或是坚守，都如天空中的飞鸟。

虽然没有留下痕迹，但确实已经飞过。

还是说回《重庆市产业技术需求报告》吧。

这份报告对进一步把握和认识重庆市产业技术发展现状和科技需求，提高中科院与重庆市科技合作的组织与管理水平，提供了有益参考。

报告特别对重庆市经济社会发展现状，特别是重庆产业发展总体布局、支柱产业发展重要技术需求进行了阐述，同时对发展优势、劣势、机遇与挑战进行了全面剖析，并结合中科院技术资源优势，按照需求导向，有所为有所不为的原则，提出了院市合作的工作思路、重点领域、重要任务等。

这样的自我解剖过程，是十分有意义的。

剖析认为，重庆拥有四个方面的发展优势。

首先，拥有综合区位和交通通信枢纽优势。

重庆市地处长江上游经济带核心区域，位于中国东西结合部，承东启西，辐射南北，已形成铁路、公路、水运、航空、管道运输相结合的综合运输体系，是长江上游和西南地区最大的综合交通枢纽，是全国第五大铁路枢纽，坐拥长江"黄金水道"和全国大型枢纽机场，是长江上游和西部最大内河港口城市。大容量、高速率的现代化通信网络初步形成，信息基础设施建设处于全国领先水平。

第二，产业基础比较雄厚，区域中心地位突出。

重庆市工业基础雄厚，门类齐全，综合配套能力强，是我国最大的摩托车生产基地，五大汽车产业基地之一，十大装备制造业基地之一，综合技术水平最高的天然气化工生产基地，重要的铝加工基地之一，也是西部地区高新技术产业发展的重要基地之一。在《全国城镇体系规划（2005—2020）》中，被确立为国家未来空间发展的重点地区和空间组织核心。

第三，政策和体制优势明显。

一是国家关于西部大开发的一系列政策。二是重庆市直辖后国家给予了一系列优惠政策。三是全国统筹城乡综合配套改革试验区的相关优惠政策。四是国家对老工业基地改造的一系列相关政策措施。五是如三峡库区产业发展和移民政策、渝东南少数民族地区发展优惠政策等区域性的特殊优惠发展政策。

最后，资源富集的相对优势。

重庆拥有比较丰富的自然资源：可开发水能资源达750万千瓦；三峡库区长达600多千米，将形成393亿立方米库容的淡水资源；蕴藏有68种矿产资源；天然气已探明储量为3200亿立方米，居全国之首；煤、锰、汞、铝土、锶和建材用非金属矿探明储量大、分布相对集中、品位较高、便于开发；拥有种类繁多的动植物资源、旅游资源，世界自然和文化遗产、国家级风景名胜区和自然保护区多处。

当然，在拥有以上所列资源的同时，也具有三个方面的发展劣势。

首先，开放型经济发展规模小，制约其辐射、带动和示范效应的发挥。

作为内陆城市，对外贸易规模小，经济外向度和贸易依存度低，利用外资规模小。2007年重庆市贸易额为74.5亿美元，处于西部中游水平，仅为上海市的1/38；贸易依存度为13.7%，约为上海市的1/13；实际利用外资金额为12.2亿美元，约为上海市的1/8；GDP约为上海市的1/3，人均GDP为上海市的1/5。开放型经济发展规模小，制约了其经济实力的提升和西部辐射带动效应的发挥。

其次，优势产业和支柱产业创新能力不足，制约工业竞争力提升。

重庆市大部分优势产业和支柱产业还没有完全建立起具有自主开发能力的研发体系，技术开发能力弱，产品主要依赖国外技术；研发投入少，产品研发费用占销售产值的比重小，自主创新能力偏弱；产品附加值和科技含量低，各项发展指标排在西部中游水平。

第三，现代服务业发展慢，制约产业结构高级化。

三产内部结构欠优，传统服务业比重大，而现代服务业发展不足，制约经济长远发展。

优势和劣质之外，就是机遇。

机遇，同样有三个。

首先，国家支持重庆市加快发展的各种政策体制带来的巨大机遇。

重庆市拥有西部大开发、综合配套改革试验区、老工业基地、三峡库区、少数民族地区等多项国家制定的优惠政策，拥有直辖市特殊的行政体制，多项政策相叠加。而且随着重庆市在长江上游地区和西部地区中心地位的不断增强，国家对重庆市以及成渝城市群的政策支持将会加强，从而使重庆获得极大的发展空间和机遇。

其次，全球化及我国东部地区产业转移为重庆产业发展带来机遇。

在国家宏观调控的大趋势下，东部的土地、劳动力、水、电等要素成本大幅度上升，急需产业转型升级。东中西部产业转移正进入加快发展的战略机遇期。重庆承接东部沿海地区和境外产业转移的能力将进一步增强。

第三，国家重大基础设施建设给重庆带来现实机遇。

重庆市是长江上游地区和西部地区的综合交通和通信枢纽，国家许多重要的铁路、公路、水运、航空、管道、邮政、通信等基础设施都在重庆交会，许多规划的重大基础设施即将开工建设。随着各项重大基础设施的逐步上马，重庆市将迎来更多的机遇。

按照SWOT战略分析法，优势（strengths）、劣势（weaknesses）、机遇（opportunities)之后，就应该是"威胁（threats）"。

当然，对于一个城市的发展来说，其实不应该叫做"威胁"，而应该是"挑战"。

这是面对内部、外部，客观、主观环境与影响带来的必然。

挑战，同样有三个。

首先，周边城市快速发展带来的"威胁"。

重庆市周边有成都、西安、贵阳、昆明、南宁、武汉、长沙等区域中心城市，这些城市在我国中部和西部地区存在着腹地的竞争关系，也存在着接受我国东部地区和境外产业转移的竞争关系。

这些城市同样都希望加快发展，扩大腹地，提高区域中心的地位。谁动作慢、行动缓，谁就要落后，失去发展机会。

因此，重庆市丝毫不能懈怠。

其次，产业发展受自然生态环境制约较大。

重庆市主城区环境污染较重，三峡库区生态环境面临现实的艰巨任务和潜在的不稳定因素。在全球气候变化以及地球运行受人类活动影响和变化不确定性逐渐加大的背景下，重庆地质灾害和气象灾害频繁，这些都为可持续发展战略的实施带来了很大影响和潜在威胁。

第三，国际经济形势和市场变化不确定性造成的威胁。

世界经济形势和市场环境风云变幻，世界金融危机时有爆发。有的影响已经显露，并且还会继续显露；有的影响难以预测甚至难以捉摸，这给重庆未来发展带来了挑战。

这样的分析之外，更有对重庆科技资源状况的解析。

重庆直辖以来，科技事业取得显著成就，自主创新能力不断提高，科技发展保持良好势头。科技研发和资源共享等平台逐渐完善，科技创新实力不断提升，科技人员结构进一步优化，高层次人才数量明显增加，高新技术企业不断壮大，高新技术产业集聚程度不断提高。

根据《2008全国科技进步统计监测报告》显示，2008年重庆地区综合科技进步水平保持在西部第2位、全国第12位；与1998年相比，综合科技进步水平总位次提升了5位。

截止到2007年底，重庆市有市属以上独立科研机构71个，其中中央在渝科研机构16个（开发类8个），市属独立科研开发机构52个（转制科研院所21个、公益科研院所24个、勘测设计院所7个），其他3个。研究领域涉及农业、机械制造、电子信息、材料、建筑、交通、医药卫生、煤矿生产、计量检测等多个方面，涵盖了重庆主要产业和社会发展领域。

到2008年底，重庆市市级以上重点实验室总数增至26个，其中国家级重点实验室4个。

科研人才方面，当时重庆拥有两院院士10人，直接从事科技活动的人员8.4万人，排全国第20位。其中，全国百千万人才工程一、二层次人才60名，国家有突出贡献中青年专家66名，享受政府特殊津贴专家2340名；博士后流动站41个，博士后工作站35个。

总体来看，重庆科学技术发展水平不仅与北京、上海、天津、广州等东部沿海城市相比差距较大，就是和西部的成都、西安、兰州相比，也还有许多需要提升的空间。

但中国科学院重庆市产业科技需求调研组的这个报告，让大家瞬间感觉摸清了家底，为下阶段的努力指明了方向。

"这个报告，让我们看到了机遇和挑战，更重要的是让中科院的领导和专家们对重庆研究院的建院方向开始明确。"李向东介绍，"其实，建院方案一直无法最终通过，更说明了中科院在全国层面建院设所的严谨性。作为我国科研力量的'国家队'，必须全国一盘棋地思考发展问题。"

也正是看到了重庆科技发展的未来，李向东挂职结束，主动提交了在科委的辞职报告，到重庆研究院工作。当然，这都是后话了。

重庆，大山大水，大开大合，大收大藏，正以蓬勃之势，整装待发。

有风从山间吹过，有阳光从树梢中洒落。

滔滔水流，从嘉陵江而来，从长江而来，从朝天门而来，从夔门而来，从巫峡而来……

这样的水，从过去流到现在，从现在流向未来。

前方，是无尽的期盼。

4
—

就在这样的一波三折后，方案终于通过了中国科学院相关领导和专家的认可。

然而，就在建设方案初见曙光之时，另一个板块的"难题"又摆在了眼前。

这天，徐青正在北京参加全国科技系统的一个表彰大会。

会议开始前突然接到电话：已经选定准备作为建设中国科学院重庆研究院的土地无法使用了。

在中科院和重庆市政府签订的第三期合作协议中，商定重庆市政府给予3个亿的资金和200亩土地的投入，中科院负责人才和设备。

在撰写建设方案的同时，周旭、徐青和冯光鑫就多次在重庆的各个区县选址，最终确定在蔡家。然而，就在准备开会讨论建设方案时，才发现这块土地已经由重庆城市建设投资集团征收，已经不属于北碚区，也不属于两江新区，如要使用需要花费几个亿的资金回购，事情就此搁浅。

徐青回忆："要重新选择就必须得到中科院的同意，于是表彰大会也顾不得参加，就连忙请假往中科院赶。"

在前往中科院的车上，徐青急忙向分管市领导进行了电话汇报。

见到孙殿义，徐青马上转达了重庆市领导的表态：我们很多地方都希望中科院入驻，高新区、江津双福园区，都可以无偿提供土地。

孙殿义态度坚定："我们必须在两江新区。"

其实，孙殿义的坚持是可以理解的。

还是在2007年3月全国"两会"时，时任中共中央总书记、国家主席胡锦涛在参加重庆代表团审议时，提出了"314"总体部署为重庆定向导航。第二年4月，重庆市委、市政府在向时任国务院总理温家宝汇报工作时，温家宝总理指示国家发改委牵头，国家部委联合调研组200多人到重庆调研，提出了设立"两江新区"的想法。

2009年1月26日，国务院印发了《关于推进重庆市统筹城乡改革和发展的若干意见》（国发〔2009〕3号），明确了"认真研究设立两江新区"的问题。

2010年5月5日，国务院正式批准设立重庆两江新区，并明确了两江新区的政策比照浦东新区和滨海新区制定。

于是，重庆两江新区成为继上海浦东新区、天津滨海新区之后，由国务院直接批复的第三个国家级开发开放新区，也是中国内陆第一个国家级开发开放新区。两江新区辖江北区、渝北区、北碚区3个行政区的部分区域，规划总面积1200平方公里。按照国务院赋予重庆两江新区的五大功能定位，要求在国家战略层面成为统筹城乡综合配套改革试验的先行区，内陆重要的先进制造业和现代服务业基地，长江上游地区的金融中心和创新中心，内陆地区对外开放的重要门户，科学发展的示范窗口。

在这样的区域内建立中科院的研究机构，是中科院所希望的，也是符合战略发展需要的。

徐青连忙拨通了两江新区相关领导的电话，简单说明情况后，对方推荐了水土园区。

仅仅是电话上的沟通，办事谨慎的徐青肯定还不够放心，急忙买了北京回渝的机票，陪同中科院的相关人员进行现场走访勘查。

最终，他们看中了水土园区。

"啼鸟云山静，落花溪水香。"

一条竹溪河穿梭而过，从40多公里外的金刀峡中而来，奔向嘉陵江而去。

竹影、溪流、野花、芳草、蝶舞、石桥……构成了一幅古典韵味浓郁的水墨画卷，恍若一个充满空灵、朦胧、迷离、清幽和唯美的梦幻世界。

芦花晚照、溪水清涟、深染轻裙的竹溪河，正以原生态的风貌迎接着现代文明的浇灌和高新产业的洗礼。

这里，注定会成为重庆科学技术发展的高地。

建设方案基本敲定，选址也顺利通过，剩下的事情就是如何具体落地实施了。

2010年的春节之后，北京的天空飘着鹅毛大雪，天上是白色，地上也是白色。

对于来自西南的徐青、冯光鑫、李向东等人来说，这本是难得一见的美景。但他们却没有时间欣赏，匆匆赶往位于北京郊区的一个会议点，和孙殿义就方案及合作协议的细节磋商。

毕竟是实施阶段的协议了，研究院的名称、机构、编制、建设宗旨与目标、组织结构、运行模式、中科院和重庆市各自的责任与义务等等太多的细节需要一点一点逐个商讨。

于是，徐青等人成了去院地合作局机关食堂"蹭饭"的常客，很多细节的敲定也就是在这种见缝插针的时间里完成的。

一次"蹭饭"的时候，孙殿义拿出一张纸条："光鑫，你看名字取好了。"

"中国科学院重庆绿色智能技术研究院。"冯光鑫小心而激动地念完，连忙拿出手机，拍下照片发给重庆的相关领导。

看到这个名字，无论是重庆市领导，还是周旭、徐青等人，都难隐激动之情。

激动的背后，不仅有五六年时间里不断的奔波付出，更是因为这个名字是由时任全国人大常务委员会副委员长、中国科学院院长路甬祥亲自所取。路甬祥不仅是国家领导人，也是中国科学院院士和中国工程院院士，能亲自给重庆研究院命名，足见他对于重庆和重庆科学技术发展的高度重视。

直到2013年，路甬祥到重庆视察，专门去水土看刚刚竣工并投入使用不久的办公大楼和实验室，对重庆研究院在短短两年多时间内取得的成绩感到十分高兴和欣慰。

开会间隙，重庆研究院副院长战超专门找到路甬祥请教：为什么取这个名字？

据路甬祥介绍，之前专门带领团队做过一个有关科技发展在未来到底走向什么方向的软课题，通过大量的研究论证和提炼，最终就总结出了两个词：一个是"绿色"，另一个是"智能"。

路甬祥院长一个词都不"浪费"，全部送给了重庆。

这是重庆研究院的幸运。

2010年12月18日，中国科学院副院长、党组成员施尔畏正式召集成都分院院长袁家虎、中国科学院科技副职工作办公室副主任战超、中科院大学经济与管理学院执行副院长高鹏到自己办公室开会，宣布由他们三人组成筹备小组，参与重庆研究院的筹建工作。

于是，出现了本文最开始描述的一幕。

双方商定，在2011年全国"两会"期间，签订筹建协议书，这无疑是可以载入重庆科技发展史册的高规格会议。

5

2011年3月，一场小雨悄然而至，为北京城带来湿润而清新的空气。

小雨过后，是丝丝暖阳。

全国"两会"盛大开幕。会议将审议并通过《国民经济和社会发展第十二个五年规划纲要》，为中国未来五年的发展绘就蓝图。

3月13日，"两会"即将闭幕之时，在北京西城区三里河路中国科学院的机关办公楼会议室里，一片喜气洋洋。

红色的绸缎，艳丽的鲜花，一切，都喻示着崭新的开始。

中国科学院与重庆市科技合作座谈会暨签约仪式如约举行。

已经在2月份从常务副院长、党组副书记任上升为中国科学院院长、党组书记的白春礼作了重要讲话。他指出，共建重庆研究院是服务国家发展战略的必然要求，是促进重庆科学发展的本质要求，是中国科学院创新发展的使命和要求，是院市双方面向重庆经济社会未来发展做出的重大战略决策。重庆研究院筹建组的同志们要以高度的政治责任感和使命感，全身心投入到研究院的筹建工作中，要按照"地方党委政府满意、合作企业满意、老百姓满意和科技界同行认同"的要求，高质量地完成筹建工作，向院党组交一份满意答卷，向重庆市委市政府和重庆人民交一份满意的答卷。

中共重庆市委副书记、市长黄奇帆出席会议，同样也发表了重要讲话。

他说，中国科学院具有雄厚的科技实力和人才优势，过去10年中，院市双方主要围绕重庆支柱产业、生态环境保护和现代农业等领域开展了富有成效的合作；双方共建协议的签署，标志着院市合作进入全新的发展阶段，重庆市将全力支持中国科学院重庆研究院的各项工作。

黄奇帆同时希望双方以共建重庆研究院为契机，进一步全面深化科技合作。一是面向重庆及西部地区经济社会发展的科技需求，把重庆研究院建设成为产业技术源头创新与科技资源聚集基地、技术集成创新与产业育成基地、高层次创新与创业人才培养基地和西部地区科技交流与合作的重要开放式平台。二是进一步加强中国科学院相关单位与重庆的企业、高校和科研机构等联合合作，推动更多科技成果在重庆转化。三是发挥中国科学院院士专家人才智力优势，针对重庆工业化、城镇化等发展中的重大问题，提供科学咨询与建议。四是帮助引进和培养高层次创新创业人才。

施尔畏与重庆市副市长吴刚分别代表中国科学院和重庆市人民政府，签署"中国科学院—重庆市人民政府全面科技合作协议"和"中国科学院—重庆市人民政府共建中国科学院重庆绿色智能技术研究院（筹）协议"。

也是在刚刚过去的2月份，升任重庆市副市长的吴刚按照市政府新的分工调整，接替童小平副市长开始分管科技工作。

代表重庆市科委汇报有关工作的，由周旭变成了新任科委主任钟志华。钟志华是湖南湘阴人，在瑞典林雪平大学（Linköping University）获工学博士学位后完成了博士后研究，2005年当选中国工程院院士，2010年12月从湖南大学校长任上调重庆市科委，接替周旭。而周旭也是在这个时候被调到重庆市教委，担任市教育工委副书记、市教育委员会主任。

和副市长童小平一样，周旭为推动中科院重庆研究院的建立，付出了多年的艰辛与努力，在即将见证这一激动人心的时刻，两人却都因工作调整而无法参加，实属一个遗憾。

3月13日的北京三里河，是喜悦的；3月13日的重庆，也是喜悦的。

施尔畏和吴刚签完各自的名字，双手紧握。

这一握，是感情的交融，是力量的传递。

这一握，是一种信任，也是一种托付，还是一种互相的鼓励与感谢。

这一握，注定会对重庆，乃至对整个中国西部科学发展产生深远的影响。

于是，我们有必要对于2010年3月13日之前的一些时间节点，进行一个简要的复述了，毕竟在整体的讲述中，报告文学的语言无法把这些具体节点记录清晰。

2009年3月，中国科学院与重庆市人民政府签署《深化市院合作共同推进重庆城乡统筹发展合作协议》，双方领导就在重庆设立中国科学院科研机构事宜进行了交流，这标志着在渝建中科院研究机构从重庆的"单相思"进入了共同"恋爱"阶段。

2009年4月15日，重庆市人民政府正式致函（《关于中国科学院在渝设立分支机构的函》（渝府函〔2009〕82号））中国科学院，提出："重庆市迫切需要中国科学院在渝布局分支机构……，围绕建设国家重要装备制造业基地、库区生态环境保护两大战略任务开展特色研究……"

2009年8月11日，时任重庆市委副书记、市人民政府市长王鸿举致函路甬祥院长，恳请中国科学院在渝设立科研机构。

2009年，中科院院地合作局先后三次组织院内外多领域专家对重庆产业科技需求及经济社会发展情况进行深入调研，并专门形成了《重庆市产业科技需求调研报告》。

2010年3月4日，时任中国科学院院长路甬祥作出重要批示："……请着重注意与新疆、重庆、内蒙和海南的合作，开始酝酿在这些地方的创新布局……重庆在长江三峡研究的框架内，也应发展适合重庆未来新兴产业科技支撑的领域方向布局……"

2010年4月8日，第九届重庆高交会，黄奇帆市长会见施尔畏副院长，进一步就共建研究院，以及建设内涵、如何建设进行充分交流。会见后，施尔畏指示院地合作局扎实推进，做好前期工作。

之后的几个月里，在施尔畏副院长的直接领导下，院地合作局、成都分院和重庆市科委组织专家多次研究论证，形成院市共建中国科学院重庆绿色智能技术研究院的方案，并得到双方主要领导的肯定。

2010年10月23日—25日，中科院院地合作局会同重庆市科委、成都分院组织院内外专家起草共建研究院建议方案。

2010年12月18日，中国科学院迅速成立以袁家虎为组长，高鹏、战超为副组长的筹建班子，并于下旬奔赴重庆开展筹建的前期工作。

2011年2月15日，中国科学院院长办公会议批准了重庆研究院建设任务书，决定统一成立筹建工作领导小组，初步确立了目标定位、科技布局、组织结构、运行模式和体制机制等。

2011年3月1日，重庆研究院筹建工作组13人，正式入驻在重庆市科委提供的临时性办公用房开展筹建工作。

……

这样的记录很枯燥，但记住这每一个节点，都是对于曾经为之努力的人的一种怀念和感恩。

在这些节点的背后，更是众多行政领导和科技工作者的不眠之夜。

有的人，我们记下了名字，也有些人，我们没能记下名字。

无论是星光还是朝阳，抑或是暮色，都有一些身影，匆匆忙忙但步履坚定。

山城重庆，始终会铭记。

在这里，我们还不得不花费一点笔墨，对于这个协议本身，进行一些阐述。

毕竟这个协议，会对重庆研究院的发展带来指导性的作用。

协议确定，研究院的名字为"中国科学院重庆绿色智能技术研究院"（筹），中文简称为"重庆研究院"，英文名称为"Chongqing Institute of Green and Intelligent Technology，Chinese Academy of Sciences"（缩写为 CIGIT，CAS）。

　　前面说过，这个名字是由时任中国科学院院长路甬祥亲自所拟，他把曾经做课题调研总结出的两个词语"绿色""智能"毫不吝啬地给了重庆，更没想到的是，这两个词语会成为多年后全中国，甚至是全世界都在讨论、关注的时尚热词。

　　也正是这种具有超前意识的思维方式和准确定位，让扎根西部的科学研究者们从一起步就有了无限想象的可能。

　　是的，在一无所知的世界里，走下去就会有惊喜。

　　高起点，才能走向更远的未来。

　　所以从一开始的建设定位就是高标准的。

　　重庆研究院的建设定位为：面向重庆及西部区域经济社会发展重大需求，面向世界科学技术发展前沿，以加快发展战略性新兴产业和提升传统产业为主线，坚持立足重庆、服务西南，坚持技术立院、需求牵引、创新驱动，按照"地方党委政府满意、合作企业满意、老百姓满意和科技界同行认同"的检验标准，把重庆研究院建设成为产业技术源头创新与科技资源聚集基地、技术集成创新与产业育成基地、高层次创新与创业人才培养基地和西部地区科技交流与合作的重要开放式平台。

　　高标准的定位后面，是高目标。

　　正是这种高标准的定位与目标，意味着质量，意味着等级，意味着门槛。

　　还是这种高标准的定位与目标，意味着着眼长远、把握大势，意味着开门问策、集思广益。

　　深远的目光，国际的视野，为一座城市的科技腾飞注入了灵魂。

　　科学技术的研究发展，从来都不会是循规蹈矩、按部就班的，科技的发展、科技的灵魂在于创新。

　　所以从一开始，重庆研究院就注定在不断的探索中前行。

　　然而，就在重庆市政府和中科院签订建设重庆研究院的协议后不久，又有新的情况产生了。

国务院三峡工程建设委员会办公室（以下简称"国务院三峡办"，该机构为国务院三峡工程建设委员会的办事机构。2018年3月，根据第十三届全国人民代表大会第一次会议批准的国务院机构改革方案中，将国务院三峡工程建设委员会办公室并入中华人民共和国水利部，不再保留国务院三峡工程建设委员会办公室）在武汉召开的一次会议时，一位中央领导人作出批示，要求加大对三峡生态环境、地质变迁、气候变化、产业发展等方面的研究力度，支持中国科学院在重庆建设研究院，指示要在其中建立三峡研究所。

得知这一消息后，重庆市科委要求徐青、冯光鑫等迅速进行接触，以谋求更大的发展。

在重庆市移民局的支持下，两人多方奔走，特别是在市政府主要领导与国务院三峡办领导的信函往来沟通后，很快达成共识："中国科学院重庆绿色智能研究院"由原来的两方共建，变成由中国科学院、国务院三峡工程建设委员会办公室、重庆市人民政府的"三方共建"。

当然，三方共建的协议，得在一年多以后，新园区奠基仪式上签订，这是后话，以后慢慢叙来。

6

——

春节的假期刚刚结束，人们从慵懒的松弛中重新开始了紧张的忙碌。

山城重庆，气温开始回暖。

拥挤的车站里，到处是准备外出的人群，大包小包，来去匆匆，喧杂吵闹，这是所有春运时刻火车站里最常见的景象。

重庆，作为重要的劳务输出省市，众多的人们，在这个时节开始奔向四面八方，奔向无尽的期盼与未知之中。

而在这个时节，却有三人正从外地匆匆来到重庆，会合在这两江聚集之地。

对于他们来说，以后的工作、事业，也同样充满了无限的期盼与未知。

这就是我们前面提到的袁家虎、高鹏、战超。

三人相约在重庆火车站会合。

旅途的劳累，挡不住未来可期。简单的握手、寒暄之后，匆匆合影留念。

背后是等车的人群，前面是大包小包的行李，三人的站姿随意，但脸上带着笑容。

离开和到来，分散和会集，每一天都在上演。

远处的墙上，挂着火红的中国结。

从施尔畏副院长的办公室出来，袁家虎就和高鹏、战超约定了到重庆会合的时间。

来重庆之前，三人还得对原来的工作进行一些交接。更重要的是，还需告知家人们，自己的工作已经发生了重大变化，去重庆工作，对于家庭来说，只能是牺牲和奉献。

首先从袁家虎说起。

此时的袁家虎，早已经将父母接到成都生活，妻子李梅在中科院成都分院光电所做研究员，同样工作繁忙。

妻子是成都人，岳父母也在成都生活，如果不去重庆工作，一大家子人都在同一个城市，虽然各自繁忙，但家有急事还可以及时照应。

所以听到袁家虎要到重庆重新创业的决定时，大家心里还是五味杂陈。

父亲原是国企干部，自然明白"组织要求""国家需要"这些"大道理"，所以听到儿子的决定，没有过多的反对，只是隐隐担心，去建设一个新单位，是多么的困难，该怎么样才能克服这些困难？

这样的担心，也只能随口说说，作为父亲，他深知儿子的个性。

李梅作为科研人员，表现得更为理智，作为妻子，也更理解丈夫："你如果听我的话呢，就没必要去重庆。你想搞科研，就继续留在光电所搞科研；你想搞管理，在成都分院同样可以做管理。这去重庆，去建设一个全新的院所，辛苦得不得了……"李梅顿了顿，"当然，你实在想要去，我也只能支持。"

知夫莫如妻。

袁家虎既然已经作出了决定，就不会轻易改变。

但也就是这样的决定，给他留下了很多遗憾。

虽然在十年后，聊起这些往事，袁家虎一再强调，和老一辈的科学家相比，自己的付出算不了什么。在谈到有关这本报告文学的创作思路时，他也一再嘱咐，不要过多地渲染个人，重庆研究院的一些有效探索，都是众多科学家和科技工作者一起努力的结果。但在这里，笔者想把本身后面才会发生的故事，移到这个篇章里来，用这样的讲述方式，就是想告诉这本书的读者们，广大科学家和科技工作者们都是"有血有肉""有情有欲"的"活生生"的个体，他们同样关心和在意家人的喜怒哀乐，同样关心粮食和蔬菜，同样有对财富和名誉追求的权利与欲望，同样需要在受到委屈的时候得到关怀与温情。

所以这里，需要花一点笔墨对这一问题进行一些探讨。

在我们传统的文学艺术作品或新闻报道里，众多的科学家和科技工作者们，被赋予了拥有胸怀祖国、服务人民的爱国精神，勇攀高峰、敢为人先的创新精神，追求真理、严谨治学的求实精神，淡泊名利、潜心研究的奉献精神，集智攻关、团结协作的协同精神，甘为人梯、奖掖后学的育人精神。

诚然，这六个方面，构成了科学家精神的主要内涵，是我国科技工作者在长期科学实践中积累的宝贵精神财富。这样的科学家精神当然是这个时代的需要，更值得大力去弘扬，能够在全社会形成尊重知识、崇尚创新、尊重人才、热爱科学、献身科学的浓厚氛围，必将进一步鼓舞和激励广大科技工作者争做重大科研成果的创造者、建设科技强国的奉献者、崇高思想品格的践行者、良好社会风尚的引领者，不断向科学技术广度和深度进军。同时，还能激发起众多后人追随先辈，立下为科学研究奉献力量，舍家报国的决心与理想。

这样的精神，是李四光、钱学森、钱三强、邓稼先等老一辈科学家，也是陈景润、黄大年、南仁东等一大批新中国成立后成长起来的科学家们，一辈一辈用自己的毕生精力去践行和总结出来的。

这样的精神，是这个时代最伟大，最值得弘扬和继承的精神之一。

但我们在关注这些精神的同时，还应该关注科技工作者的喜怒哀乐，关注他们的精神需求和物质需要，关注他们的所思所想，关注他们生活中的点点滴滴，才能把他们"还原"成为本真的个体，才能去探讨如何进行科学管理改革，探讨如何在中西部地区进行科技人才引进，探讨科技工作者如何运用科技成果进行转换，探讨科技工作者创办企业与市场接轨等更多深层次问题。

科学家是人，不是神。

是人，就有个体的需要与诉求；是人，就有得意时的喜悦与失意时的哀伤；所以只有把捧上"神坛"的科技工作者们"还原"为人，才能在人才引进时的政策制定，才能在科技成果转化运用的政策制定……一系列制度改革问题出现时，做到切实有效，符合实际。

这样的问题探讨需要一个漫长的过程，暂时不必着急，后面会慢慢讲来，先让我们来继续感受一下这些科研工作者的日常琐事。

当袁家虎提出到重庆任职，必须辞去中科院成都分院院长职务时，妻子李梅的劝告，语言虽不多，但却如此的坦诚与真实。

她是懂得袁家虎的，更是理解袁家虎的。

在袁家虎到重庆上任后，家里的大小事务都落在了李梅身上。甚至，她还慢慢养成了看重庆卫视新闻联播的习惯——每次出现重庆研究院的报道，她都会第一时间打电话给丈夫："你们又上报道了。"

"她是很专注的一个人，现在看重庆新闻联播比我都勤，甚至能准确背诵出重庆市领导的排名，对一些领导的新闻报道情况比我还熟悉。毕竟生活在四川啊，可她对四川省，或者成都市的领导是谁基本都搞不清楚。"袁家虎笑笑，"其实我知道，她看重庆新闻，就是想看看有没有关于我们的消息……有时候一有了报道，我还不晓得，她就给我发信息了。"

自古忠孝不能两全。

老人年纪大了，自己又远在重庆，有病有痛自然没法照顾。

2013年12月9日上午，时任中国科学院成都分院党组书记、常务副院长王学定的手机急促地响起。

是袁家虎打来的，电话一接通，就是一阵急促的声音："我父亲身体不太好，已经输液几天了都不见好转，今天情况有些严重，护工已经把他送到了分院职工医院，你赶紧帮忙过去看一看，如果严重，帮我送华西医院急诊。"

那时候重庆到成都的火车班次少，火车票也不是很好买，所以王学定很能理解袁家虎的心情，连忙往分院职工医院赶去，同时打电话叫上了成都分院离退办主任侯方。

成都分院职工医院是一所老医院，医疗条件相对滞后，常规检查治疗没问题，遇见重病急病就需到其他医院了。在医院大厅，王学定发现老人状况极差，于是连忙联系车辆把人送到华西医院急诊室，很快又转入了重症监护室。

袁家虎的夫人李梅也赶到华西医院会合。

这时候的袁家虎，正从重庆急急忙忙赶回成都。

"就是那一次进重症病房，父亲再也没有回来。"袁家虎回忆时，声音哽咽。这也成了他内心始终无法释怀的一个"梗"，每每忆起，都是自责与愧疚。

2018年，母亲也永远离开了。"岳父母的身体也不是很好，经常会到医院。"讲起这些家庭琐事，袁家虎没有了谈起研究院发展历程时的侃侃而谈，言语中满是内疚，"作为老人，有啥困难的时候，肯定希望儿女在身边啊。而我又不在，有了生活上的困难，他们就只能自己克服。"

"现在回头来看，就是对老人照顾少了，那时候还是挺难的……"

说这话时，袁家虎停顿了很久："真的挺难的。"

谈论这些细节时，袁家虎其实一直都不怎么说话，甚至拒绝了笔者对于其妻子李梅的采访。

李梅从反对，到默认，再到支持，这个心理变化过程，其实袁家虎都是看在眼里，记在心中："能感受到，很多时候她是孤独的。"

孩子外地求学，老人不住在一起，上班的时候还好，下班回到家就是空荡荡一个人，李梅独自忍受着丈夫不在身边的压抑和孤独，这让袁家虎始终觉得愧疚。

对家人心怀愧疚的，不仅仅袁家虎一人。

高鹏和战超，家都在北京，相比袁家虎回成都，回去一趟耽误的时间会更多，所以在建设前期，对家里的照顾也就更少一些。

北方人来西南重庆，除开潮湿、闷热的气候需要慢慢适应之外，更多的是独在异乡的孤独感。

正式到重庆开启工作，是2011年的2月16日或是17日，战超已经记不清楚细节了。

"应该是农历正月十五，也或者是前一晚。"战超回忆，"我一个人住在重庆市科委附近的一个宾馆里，外面放了很多烟花，突然之间一个人，想着就要在这个陌生的城市长期工作了，还是挺孤独的。"

那一晚，和他一起来的陈锋去了亲戚家，宾馆就只剩下战超一个人。陈锋当时任成都分院办公室主任（2013年任成都分院副院长、党组成员），和组织人事处处长熊鸣、科技处处长王仲勋被袁家虎"拉壮丁"，在筹备期到重庆研究院进行支援，参与筹建。后来，王仲勋干脆从成都分院调到了重庆研究院工作。

那日的晚上，外面灯火辉煌，烟花绚烂。

那日的晚上，战超站在窗前，一米八的北方汉子，独自望着北方。

那晚的月亮很圆，但内心却始终空落落的。

远处的北方，是妻女，是牵挂。

这样的牵挂，一直持续到2015年。

还是2014年的一天，战超到北京出差，顺便回了趟家里，到重庆工作的几年，他和高鹏都养成了习惯，平常没时间休假，出差时才回家看看。

当时正在家休息，不满10岁的女儿突然晕倒，昏迷不醒。

一家人吓得不行，急忙喊救护车送到医院。

经过医生抢救，孩子终于苏醒，但始终没查出具体病症。

"当时真的太急了，如果我不在家，孩子或许就没了。"至今回忆起来，战超都心有余悸。

跑遍了北京的各大儿童医院，组织了好多次专家会诊，始终没法查出具体病因。

战超的内心十分焦急："什么脑神经、心理医生，都去检查了，很多时候，看她那么小的一个身体躺在CT机上，我就揪心。"

这样持续了几个月，战超一边惦记着研究院的工作，一边抽空赶回去带孩子跑医院。

"实在没办法了，我只好和家虎商量，打报告调回北京。"战超看着正蓬勃发展的研究院，不得不做出决定。

万幸的是，就在上级部门批准战超的调动申请前不久，孩子的病情得到了确诊。

孩子还小，需要长期吃药把相关指标控制在一定范围之内，所以身边必须有人照料，2015年1月，战超告别一起奋斗了五年的战友，回到了北京。

家家都有一本难念的经，每个人为了事业，都会克服不同的困难。

和战超相比，高鹏遇见了另外的难处。

妻子在中国中材国际工程股份有限公司工作，也是一名技术人员，还经常到国外出差。

"当时我还是把一些问题考虑简单了，特别是她到非洲西南部的安哥拉负责一个比较大的项目且担任项目经理后，长时间在那边待着。一去就是半年时间，儿子就没人管了，出现的情况比我想象的要复杂。"到重庆时儿子还在上初中，回到北京时，儿子已经开始读大二了。

父母都长期不在身边，儿子同样没人照顾。

"一家三口分布在三个不同的地方，家就不成一个家了。"

谈起这些，高鹏有些故作轻松。

其实能够想象，袁家虎也好，高鹏也好，战超也罢，为了事业的发展，为了重庆研究院的筹建，都不同程度放弃了对家庭的照顾，所以在谈论后面很多科学家的科学研究时，都同样会面临这不得不面对的问题。

他们在处理这些问题时，或许不惊天动地，也或许始终是平平常常、普普通通，但就是这种平常普通中，却是每一个家庭不得不去正视的柴米油盐、酸甜苦辣。

在后面也还是会谈论到，营造良好的科研氛围，探索有益的人才引进机制，要解决很多大的机制体制问题，更需要关注这些科技工作者家庭中的"柴米油盐"等"琐碎小事"。

中共中央总书记、国家主席习近平在2018年的两院院士大会上指出，要营造良好创新环境，加快形成有利于人才成长的培养机制、有利于人尽其才的使用机制、有利于竞相成长各展其能的激励机制、有利于各类人才脱颖而出的竞争机制，培植好人才成长的沃土，让人才根系更加发达，形成天下英才聚神州、万类霜天竞自由的创新局面。

"好的沃土"，既要有良好的科研环境，更要有温暖的生活环境。

只有从各个方面充分考虑到了高端人才的合理需求，从根本上解决他们家庭成员的配套政策，子女的教育入学政策，家人的医疗服务政策，解决科技工作者的后顾之忧，深入了解科技工作者的所思所想所盼，解决他们日常生活中的所需所缺，才能真正营造起适合高端人才生存的"软环境"。

这，在重庆这种西部城市就显得更加重要。

袁家虎、高鹏、战超等人，正因为自己的家庭经历过了各种困难，所以从重庆院的筹建之初，就把解决科技工作者实际生活困难的"软环境"作为其中的重中之重。

从最初中国科学院和重庆市人民政府签订协议时，就把"人才政策"作为"政策保障"的第一款进行了规定，明确"重庆研究院引进的高层次人才享受《重庆市引进高层次人才若干优惠政策规定》所做出的待遇"。

这样的规定不仅仅明确在文件上，更重要的是落实在行动中。

2013年7月17日，一纸任命，从共青团重庆市委调到重庆研究院担任人事教育处处长的龙晖对此感触十分深刻，"为解决科技工作者生活中的实际困难，比如子女入学、家属工作调动等，没少跑相关部门，更是把能找的老领导、老同学、老朋友，都找了一个遍"。

1977年出生于重庆南岸区的龙晖，当时已经在共青团重庆市委事业发展部、维护青少年合法权益部、重庆市青年创新创业基金会等处室机构担任过处长和主要负责人，还于2012年在重庆两江新区创新创业投资发展有限公司挂任了一年的副总经理。面对重庆研究院伸出的橄榄枝，她毅然决定放弃公务员身份去重庆研究院，"对于这一选择，的确有很多师长说我理想主义色彩重了一些，但在两江新区挂职期间，我了解并懂得了重庆科技发展的艰难与希冀，了解并认识到了国家级科研机构对于重庆的重要作用。中科院作为'科研国家队'终于能够落地重庆，这么多高科技人才从海内外来重庆，有的甚至抛家舍业、只身赴渝，特别是以家虎院长为代表的中科院重庆研究院的创业者们，立志'在重庆建一所国际一流的研究院'这份宏大的事业情怀，让我深受感动，作为土生土长的重庆人，我的初衷是并且只有一个，把个人的绵薄之力融入到这一宏大事业之中，为家乡的招才引智做一点实实在在的事情，当好科学家们的服务员"。

为此，在以后几年的人事人才工作中，龙晖与其团队始终秉持"服务是管理的最高境界，更是达到这一境界的唯一途径"这一理念，从建立科研人员花名册开始，从买水果买牛奶开始，从为家属就业和孩子就学奔走开始，一直尽心尽力、尽职尽责当好科研人员的"服务员""组织员""协调员"，为科研人员工作生活营造良好环境，让科研人员安心工作、潜心科研。

"通过调研结合院情，我们制订并实施了人才引进、培养、温暖三项计划，尽可能营造好'留人留心'的人才氛围。"龙晖介绍。重庆研究院的人才工作在大力加强海内外领军人才、青年骨干人才引进的同时，注重育才用才，设立了海外进修、学历提升等培养计划，在用好人才存量的基础上，积极做好人才增量，绝不因引进一个人，而伤了一批人；注重信念留人、事业留人、感情留人，积极主动为人才搭建施展本领的平台，让每个人都能在各自岗位上发挥好自己的作用，体现出自己的价值，以期形成相互尊重、相互理解、相互支持的人文氛围。

这样的氛围形成，需要众多人的努力。

早先在中科院成都分院工作的陈永波，2016年12月5日调任重庆研究院担任纪委书记，2017年3月初妻子也到了重庆。陈永波始终保持着一个习惯，每周末都会到单位食堂吃一次饭："要解决科研工作者的实际困难，不仅仅在大的政策条款上，还要让他们感受到我们这些领导和他们时时刻刻在一起。"

在这里，先岔开一会，花点笔墨对陈永波进行一个简单的介绍。

陈永波先后在东北大学、成都理工大学、西南交通大学学习，并在美国威斯康星大学访问学习，主要从事边坡（滑坡、崩塌）变形破坏机理研究、地质灾害防治工程研究、边坡（滑坡）变形监测、滑坡预测预报等方向的研究，主持并参与过四川二滩水电站金龙山谷坡变形监测、雅安市雨城区突发性山地灾害预警报研究、三峡库区坡灾害防治关键科学问题及集成技术研究等项目。

对于来到重庆，首先让他感动的，就是一批批重庆研究院人为了干事创业，不断克服环境的差距，而努力向前："一加入这个团队，就能感受到他们的忘我的精神，特别感动。科学院党组下任免文时，我正好45岁，也希望像最初的创业者一样，把自己的全身心的精力能够投入到重庆研究院来。"

在陈永波到重庆后，本是大学教师的妻子为了支持丈夫，也来渝住起了公租房："很感激妻子的支持。同时也更感受到了家虎他们最初来重庆创业的不容易。"

有了感同身受，所以更关注一线科技工作者的"吃喝拉撒"。

亦如我们提到过的宋桥台，也是如此，后来他担任了重庆研究院后勤物业公司的总经理，更是每天要为整个研究院几百人的"吃喝拉撒"操心，这里面的故事就更多了，后面慢慢讲来。

还是回到火车站袁家虎和高鹏、战超的那张合影。

十年过去，三人从不同的地方会集而来，然后又各自分散离开。

会集和分散，是人生的常态。

就如一些花朵的生长与飘散；也如一些溪流汇合成大江。

岁月的痕迹，在慢慢远去，留下的只是回忆。

十年之后谈起，各是感慨。

如高鹏所言，重庆留给他的记忆，是浓浓的烟火气。北京城太大，大得更多的是肃然起敬，而在重庆，无论冬天还是春夏，深夜的路灯下，总是冒着火锅的热气腾腾。

十年之中，有很多人来了，也有很多人离去。

到来和离去，亦是会集与分散。

竹溪河边的竹子，迎风而绿，根扎进土里，一有风吹，又发出新的枝芽。

竹溪河边清风起

三月，有清风，有薄雾，还有阳光。

三月的重庆，有桃花的红，也有菜花的黄。

三月的重庆，一切都在苏醒，一切都有可能。

……

2

ten years
zero to one

CIGIT，CAS

1
—

三月，有清风，有薄雾，还有阳光。

三月的重庆，有桃花的红，也有菜花的黄。

三月的重庆，一切都在苏醒，一切都皆有可能。

在新溉大道生产力大厦重庆市科委提供的临时办公室里，来自北京、上海、成都、深圳、兰州的13位操着不同口音的追梦者，满脸笑容地拍了张合影。

2011年的3月1日，中国科学院重庆绿色智能研究院首批人员，正式集结完毕。

袁家虎、高鹏、战超、王仲勋、严宝玉、宋桥台、李连发、王智、郑娟、王树梅、孙萌、林叶青、魏欣扬。

满脸是喜悦，满眼又都是未知。

这一天，后来被定为了重庆研究院诞辰日。

为这一天的到来，历经波折。

从中国科学院副院长、党组成员施尔畏的办公室出来之后，袁家虎、高鹏、战超约定了到重庆会合的时间，现在如约而至。

在重庆市科委的会议室里，一起参会的还有中科院院机关和科委的领导，匆匆开完会，其余人都离去，留下三人面面相觑。

"散会了，院机关的领导回了北京，重庆市科委的同事也有他们自己本身的工作，就我和高鹏、战超三人，你望着我，我望着你。"袁家虎笑笑，"我们是来进行启动工作的，但从什么方面以什么样的方式开始启动，谁也搞不清楚。"

熟悉了两天情况之后，袁家虎决定三人先去成都。

"毕竟我成都分院院长的职务还没免，分院机关还有几十个人，帮助筹建也是分院的职责。重庆和成都距离近，来往方便。"

于是，三人就这样从重庆来到了成都。

首先从拟定各种招聘启事开始。

"要启动筹建工作，总不能始终就咱们这三个人吧。"所以，袁家虎决定从管理人员的招聘开始，"利用重庆市科委和中科院成都分院的官方网站，我们向全国撒出了招聘大网。从财务、教育管理、人事管理、科技管理、成果转化等岗位开始，进行招兵买马。"

招聘启事挂出时，已经是2011年的1月份。

这一年的春节似乎过得更快一些。

节日一结束，袁家虎、高鹏和战超再次聚集在重庆，这也算三人正式完完全全到重庆启动筹建工作，于是出现了上个章节中火车站合影的故事。

在重庆市科委提供的临时办公区里，三人开始了不断的面试。年前招聘启事发出后，先后收到了100多份简历。

优中选优，看的不仅仅有文凭、工作经历，还有道德品质和可塑造性等，毕竟，这是为重庆研究院选第一批"元老"级人物。

袁家虎和高鹏、战超亲自担任面试官，每一次面试都异常"苛刻"。

一遍又一遍筛选，最终确定了10人，与袁家虎等人共同组成了第一批13人的队伍。

10个人，袁家虎把他们分成了三个处室。

第一个是综合办公室，其中财务人员也放在了里面，他们的重点任务是落实办公区域。市科委提供的临时办公区始终不是长久之计，得首先给自己找一个"窝",同时启动园区建设的相关工作。

第二个是科技处。作为科研单位,需要想办法争取课题,启动实验室建设,琢磨与科技成果转化相关的具体工作。

第三个是人事教育处。起步阶段,人教处最重要的任务就是招人,把队伍拉起来是当时工作的重中之重。

袁家虎、高鹏和战超一人分管一个处室,加上重庆市科委派来支援的成果处处长冯光鑫,同样以筹建领导小组副组长的身份参与工作,组成了首届班子成员,各项工作开始正式开展起来。

队伍是拉起来了,但很多具体的困难还得一步一步去解决。

就拿发工资这种具体的事儿来讲:人招到了,得按时发工资吧。

虽然3月1日队伍集结完毕,但3月13日中科院和重庆市政府才正式签署协议,而且拨款还有更多复杂的程序,钱是一时无法到位的。袁家虎只好又"打起了成都分院的主意"——借10万元作为启动资金,主要用于工资发放。

"借钱很简单,但转过来却不容易。"袁家虎笑了笑,"因为我们还没有'公对公'的银行账户,转到私人卡上又不符合财务管理规定。银行开户得先注册法人单位,注册法人事业单位先得获取编办批准,编办批准又必须上编委会审议……这一个个环节下来,都是需要花许多时间和精力的事儿。"

吃饭在市科委食堂搭餐,住宿租了老百姓的民房。

外地人很难克服的是对重庆气候的适应。

高鹏春节前就来了重庆几次,算是真正找到了北方人在南方受冻的感觉。

"当时租的房子比较旧,密封也不行,还经常透风。"北方人高鹏,来重庆后第一次穿了棉内衣,"许多人都觉得北方冷,但其实我们北方人是不穿棉内衣的。来重庆后,感觉都臃肿得走不动路了。"北方的冬天,室内都有暖气,温度一般都能保持在20℃上下,不会感觉到冷,"这南方室内室外温度一个样,真让我实实在在体会了网络上'北方人不懂南方人的冷'的搞笑段子。"

五月以后，气温开始升起来。

从兰州来的严宝玉，他的家乡这个季节还很凉爽，但在重庆，一出门就是一身汗。

特别是到了盛夏七八月份，火辣辣的气候在考验着所有外地人的忍耐力。

无论寒冷，还是酷热，一群追梦人的脚步，始终铿锵有力。

滔滔长江水，勇往直前。

3月13日，中科院和重庆市政府签署正式协议后，紧接着又于3月23日在重庆召开了筹建领导小组第一次会议。

这次会议上，施尔畏副院长和吴刚副市长都出席并进行了讲话，参会的还有中科院相关局所和重庆各部门的领导，对筹建工作的顺利开展都表现出了最大的诚意和给予了最大的支持。

特别是会议上明确的"边建设、边招人、边科研、边转化"的"四边原则"，成为了之后很多年一直坚持和践行的准则。

围绕"电子信息、智能制造、环境工程"三个研究领域，突出"绿色""智能"，突出错位发展，按照"大科学、前瞻性、MOP（多重开放平台）"的理念，策划建立应用转化、技术支撑和学科发展的三维架构，成为了重庆研究院的发展规划。

也是在这个会议上，明确了每两个月召开一次筹建领导小组会议。

例会坚持了不因人事调整和阶段性工作而变化，在能查阅的长达三年11次例会会议纪要中，全由施尔畏副院长主持，无一次缺席。

"施院长1955年出生，那时也是五十七八了，日常事务又多，但对于重庆领导小组的会议，都会坚持参加。"后来的副院长张长城回忆，"他是个很有思想的人，平常也没什么架子，工作方式就是不停地督办，从处里督办，到局里督办，最终他亲自督办。两个月，或者三个月来一次重庆。因为当时东部还有几个所也在建设，所以基本都是先到重庆两天，然后再飞厦门，接着又飞苏州。"

施尔畏说："要把重庆研究院建设成一颗璀璨的宝石。"

经过几个月的努力，在克服对环境不熟悉，气候不适应，工作流程尚需健全，资金到位有差异，机构编制还在申报过程中等一系列实际困难的基础上，中国科学院重庆绿色智能研究院入驻北部新区汉国中心，正式揭牌。

在重庆市渝北区金渝大道85号的汉国中心，重庆研究院租下了2800多平方米的物业作为过渡时期的工作区域。

六月的重庆，姑娘们早已经换上了薄薄的长裙。

有暖阳，也有清风。

宽阔的马路上，车辆来去匆匆，忙碌中充满了无限期待。

阳光普照下，一队队笑容满面的人群来到汉国中心。

满含笑容的期待背后，是对未来无限的想象。

在一帮创业者的眼里，这样的无限想象，是美好的，也是新奇的。

未知充满惊喜，生活的魅力来源于此，最幸福的时刻也永远是未知的下一秒。

这一秒，在众多人的努力之后，来临了。

2011年6月8日，由中国科学院、重庆市人民政府共同筹建的中国科学院重庆绿色智能技术研究院（筹）揭牌仪式正式举行。

鲜花，音乐，笑容，一切都是美好的开始。

三个多月的努力，团队由13人变成了50多人，队伍也由原来纯粹的行政人员，变成开始有了一些海外归来的科学家们的加入。

一批怀揣梦想的创业者，在开启着新的惊喜。

除了必要的行政办公区以外，实验室也建设了起来，科学家们投入到了具体的科学研究之中。

前面几个月的努力，有了明显的成效，大家的欢喜溢于言表。

这种欢喜，需要共同分享，在揭牌仪式时前来一起祝贺的，不仅有中科院和重庆市政府、相关职能部门的领导，科学界同仁，更有高校的教授学者。

"那个场面很热闹，气氛也很活跃，很多没想到的人都来了，很让人感动。"虽然十年的时间过去，但袁家虎至今回忆起来，激动的表情仍然瞬间就流露了出来。

第一个让袁家虎没想到的来宾是林建华，时任重庆大学校长。

林建华也是在半年之前的2010年12月从北京大学党委常委、常务副院长任上调任重庆大学担任校长职务。林建华先后在德国、美国从事博士后研究，研究领域涉及无机固体化学和无机材料化学，是一位优秀的化学家，在学术上颇有建树，特别是在高校教育领域颇有影响。

袁家虎说："其实一般这样的仪式性活动，派一名副校长来就行了，林校长亲自出席，我们自然都很高兴和欢迎。其实，这更说明了在重庆的高校之中，很多领导和教授对于中国科学院在重庆市建立科研机构，是充满期待的。"

确实，重庆研究院的建立，引起了很多人的关注，但更多的是期待。

重庆研究院填补了重庆无中科院序列科研机构的空白，对于提升区域科技创新能力、集聚高层次创新人才、促进地方经济社会发展具有重要意义。

在揭牌仪式当天，重庆研究院邀请了两位"重量级"人物进行学术演讲，直接体现了中科院序列科研院所在聚集高层次人才中的能量。

一位是1936年出生的中国科学院院士、教授、博士生导师张景中。张景中院士是计算机科学家、数学家，主要从事机器证明、教育数学、距离几何及动力系统等方面的研究，有着丰硕的科研成果，比如其创立的计算机生成几何定理可读证明的原理和算法，被权威学者认为具有"使计算机能像处理算术一样处理几何工作"的"里程碑"式的意义。

同时，张景中还是一名数学教育学家，长期从事数学方面的科普写作，《帮你学数学》《数学家的眼光》《新概念几何》《院士数学讲座：帮你学数学》等系列书籍在数学教育方面产生过重要的影响，1990年被中国科普协会审定为建国以来贡献突出的科普作家之一，1994年被中国少年儿童出版社评为"十大金作家"之一。

他的演讲中金句频出，掌声一波接着一波。

同样也是因为这次演讲和重庆研究院的结缘，张景中院士后来牵头在重庆研究院建立了"重庆市推理与认知重点开放实验室"，并亲自担任研究室主任。这个研究室瞄准国际自动推理领域发展前沿，密切结合国家重大战略需求和重庆本地的经济发展，针对基础性和前瞻性科学问题，开展创新性研究和自主性关键技术研发。发展过程中，实验室又确定了"多领域统一建模"和"视频语义认知"两个新的研究方向，既是自动推理技术在先进制造和认知科学的前沿应用，又为人工智能、应用数学、计算机代数等基础研究提出新的科学问题。后来，实验室发展到拥有固定科研人员46人，包括1位中国科学院院士、7名研究员、6名副研究员，其中14人是引进的海外博士；客座教授共5位，其中1位是美国国家工程院院士，2位是中国科学院特聘研究员。

另一位举行学术报告的是约翰·E.霍普克洛夫特（John E. Hopcroft）。

约翰·E.霍普克洛夫特，美国康奈尔大学智能机器人实验室主任、计算机科学系工程与应用数学的IBM教授，世界计算机科学最高奖图灵奖获得者，美国国家科学院和工程院院士。霍普克洛夫特的主要研究方向是计算机科学理论，他开创的深入算法是计算机科学的经典教材，也因此被誉为世界算法大师，在国际上产生过重要的影响。

从一开始，就是国际视野。

当然，这些都是后话了，后面的叙述中也还会讲到，但毋庸置疑的是，揭牌仪式上就邀请高层次行业领军人才的举措，为重庆研究院后来的人才引进，开了个好头，起了个好步。

重庆科技发展，也正通过重庆绿色智能研究院，增添了又一条通向世界的桥梁。

这样的桥梁，正在让世界变小，让重庆变大。

有了如此良好的开局，后面的精彩就逐渐多了起来。

仅仅是学术交流方面，2011年就亮点不断。

2011年11月7日，德国博士Benni Thiebes到重庆研究院作了题为"滑坡监测预警系统的研究"的学术报告。滑坡监测预警，是三峡库区环境保护和地质变化中关注的重点，这样的主题演讲，既是与重庆本地实际需要的高度结合，又拥有了广阔的国际视野。

2011年11月7日，教育部"海外名师"项目特聘专家、加拿大纽布朗什维克大学物理系高级研究员、资深教授王鼎益作题为"高光谱遥感在地质地震灾害监测的应用"的学术报告。王鼎益教授是美国辛辛那提大学物理学博士，澳大利亚阿德雷德大学墨森研究所、美国阿拉斯加大学地球物理所博士后，先后在美国、德国、加拿大、澳大利亚及中国等多家研究中心进行合作研究。他主持、参加多项国际著名的星载大气物理研究项目：美国NASA、加拿大CSA、法国CNS等多国合作的WINDII (Wind Interferometer Imager) 项目；欧洲空间署ESA支持的MIPAS (Michelson Interferometer for Passive Atmospheric Sounding) 项目等，在地球物理、大气、陆地和海洋的光学遥感探测、信息处理等领域的理论研究和技术创新方面在国际上作出了卓越贡献。

2011年11月8日，中国科学院计算技术研究所研究员、总工程师、博士生导师、著名科学家胡伟武作题为"中国计算机产业发展与云计算"的学术报告。

胡伟武是影响过我国计算机领域研究的重要人物。2002年8月10日清晨6时零8分，是一个在我国计算机领域里值得永远铭记的时刻。从那一刻起，中国人结束了只能用外国人CPU造计算机的历史，中国计算机事业从此掀开了崭新的一页。翻开这一页的就是胡伟武，是他带领着一群富有创造精神的科研人员，历经拼搏，成功研制了我国首枚拥有自主知识产权的通用高性能微处理芯片。

2011年12月16日，中科院北京基因组所副所长、973首席科学家于军到重庆研究院进行交流访问，并作题为《生物学的新思维定势：基因组和生物信息学的定位》的学术报告。

......

如此频繁和高规格的学术交流活动，极大地提高了重庆研究院的影响力，给了重庆研究院的科技工作者们接触和了解世界前沿科学发展的机会和与世界前沿对话的平台。

这在十年前地处中国西部的重庆，意义非凡。

三峡之水，冲出夔门天地宽；长江水，流入大海，浪花飞扬。

一切，都在坚持中前行。

一切，又都在坚持中走向美好。

2
—

11月，阳光金黄，树叶也金黄。

一阵风吹过，树叶在摇晃，阳光也在摇晃。

这个月份，气温开始下降。

但在许多人的内心，激情却在上涨。

重庆市两江新区水土高新技术园区里，挖掘机新翻开的泥土中，满是希望的味道。

黄黑色的泥土，绿色的嫩芽。

2011年11月28日，红色的地毯，红色的绸缎，蓝色的背景板上，"中国科学院、国务院三峡办、重庆市人民政府——共建中国科学院重庆绿色智能技术研究院签约暨奠基仪式"的大字分外显目。

中共重庆市委副书记、重庆市人民政府市长黄奇帆，中国科学院副院长施尔畏，国务院三峡工程建设委员会办公室副主任雷加富和众多嘉宾一起，挥动铁锹，将沾满希望的新土铲动，为奠基石培土。

这样的仪式是庄重的，亦是欢喜的。

从古希腊工程到古代中国建筑建造，人们都把为奠基石培土当作建筑物赖以发芽生长的种子，以此来承载人们对于事业的美好期盼。

是的，重庆的科技事业发展，也在这样的新土中被播下了种子。

在这个奠基仪式上，很多人的内心是激动的。

参加奠基培土的，还有周旭，虽然这次是以重庆市教委主任的身份参加，但其内心，同样波涛汹涌。

在重庆市科委主任的岗位上工作近8年时间，他为推动这一天的到来，不知道多少次辗转在北京、重庆和成都等不同的城市之间，个中辛酸，至今感慨。人生中充满了各种巧合，在为撰写本书进行采访期间，已经任职重庆市北碚区区委书记的周旭仍在感慨，当初怎么都不会想到，自己参与推动建立的中科院重庆绿色智能技术研究院已经成为北碚区水土片区的高新技术发展引领者。

种的花，终于结出了想要的果。

这一天，在重庆市科委的办公室里，独自站在窗前的徐青内心同样激动。窗外下着细雨，一层一层的雨雾，弥漫了整个视野。

在周旭、徐青之外，还有很多为这一天的到来而努力的人，值得记住。

比如忙前跑后的冯光鑫，因一直在重庆工作，熟悉情况，今天跑规划局、国土局，明天跑环保局、消防部门、设计院，冯光鑫说："我和唐祖全对重庆熟，所以与本地职能部门联络的工作，基本都是我们。"

正式的奠基仪式之前，其实已经有了大量的工作在稳步推进。

选址、立项、可研、环评、报建、勘察、设计、施工，这些基建工作中的常用名词，对于一直搞科研工作的人来说，一切都是陌生的，也是新奇的。

每项工作环环相扣，互相制约，一点都不能马虎，也不敢马虎。

"当时主要分管两大块，一个是财务，这有在院地局当总经济师的经验，所以还算轻松。"战超回忆，"另一块就是基建，这盖房子的事情，对我来说完全陌生，一个全新的领域。"

从初步设计、规划、施工设计图这些具体的事儿学起，战超不敢有一丝一毫的放松懈怠。

"建科研机构的房子，和建普通的房子，还是有很大的差别。"十年过去，战超回忆起来，说得最多的一个字，也还是这个"难"字，"基建干什么？我们只有宏观的规划，却不知道具体要怎么建。"

这时候，研究院的发展规划都还在制订研讨过程之中，房子建成什么样的才能符合整体战略发展的需求，谁的心里都没有谱。

"只有发展战略方向，没有具体的科研内容，很多需要符合专业研究的设施就更不知道怎么弄了。"战超说，"比如负压的管道，安装多少根才合适？如果做一些化学的实验，是会产生有毒气体或液体的，都需要通过专用管道排出，然后进行专业无害化处理。不同的实验，标准和方式又不一样，而我们当时，连具体会从事一些什么样的实验都还不清楚。"

层高？承重？用多少电量？是否产生有害气体？酸碱度的承受能力？

……

一系列的建设问题，摆在战超和他的同事们面前。

不懂就多问多请教，战超把自己"放空"，以"小学生"的心态重新投入工作，从头学起。

为了让设计更加科学，能够在以后的实验中更符合实际需要，战超跑上海、跑江苏、跑广东，从已经建成的研究院所中去找灵感，找方向。

"'拿来主义'进行演变，也就成了'实用主义'。"

时间紧张，战超把自己的行程也安排得紧张。

有次设计院中午刚刚出来几张图纸，战超一拿到手就找到袁家虎商量，同时打听到院地局的孙殿义局长在武汉开会，于是连忙赶到武汉去汇报。待和孙殿义统一意见后，当天晚上又飞到北京，第二天一早找到副院长施尔畏，商定修改方案，当天下午又飞回重庆，让设计师进行修改完善。

更有意思的还是作为科研工作者较真、严谨的秉性，也在战超和相关部门的沟通协调中体现得淋漓尽致。

图纸上的土地总会和实际的地形环境产生差异，受地形地貌影响，原本协议中约定的200亩土地，现实中测量出来只有196亩。

这4亩的差距，战超不同意了。

"当时正准备吃饭，碗都端到手上了。一听有同事来说实际测量只有196亩，我饭也顾不上吃了，立马坐车跑去水土，找到当时任北碚区委常委、副区长的常斌。"战超后来自己也觉得很有意思，"他当时还兼任着两江新区水土高新园管委会的常务副主任，土地规划这些事归他管。我只能去跟他'吵'，说中科院和重庆市政府定的是200亩，就只能等于或大于200亩，一平方米都决不能少。"

不断谈判，修订。

常斌"耗"不过战超的较真和执着，只能"老老实实"更改土地规划方案，"满足"了战超的要求。

......

正是因为有了战超等一大批人的严谨务实，建院工作也得到了重庆市和北碚区各职能部门的支持。

所有的支持，其实都是建立在尊重和感动的基础上的，战超等人身上科学家的秉性，感动着身边的所有人。

所以，工作推进十分顺利。

7月12日，完成《可行性研究报告》（征求意见稿），报重庆市发改委、审查单位审查；10月24日重庆研究院就正式获得发改委可研批复。

7月19日，重庆市勘察院完成重庆研究院原始地貌和官网测量勘察工作；8月，市规划局下达《用地规划许可证》和官网红线图。

......

正是有了前期各项基建工作的快速推进，才有了11月28日奠基仪式的顺利举行。

也是在这个奠基仪式上，中国科学院副院长施尔畏、国务院三峡办副主任雷加富、重庆市人民政府副市长吴刚共同签署了《中国科学院、国务院三峡工程建设委员会办公室、重庆市人民政府共建中国科学院重庆绿色智能技术研究院协议》。

前一章节已经叙述过，在2011年3月13日，中国科学院和重庆市人民政府签署双方共建协议后，各种机缘巧合，国务院三峡工程建设委员会办公室（简称国务院三峡办）也参与了进来，所以在奠基仪式上，重新签署协议的时候，两家共建变成了三家共建。

新的协议中，在原有的基础上，又赋予了新的内容与内涵。

新协议中决定建设"三峡生态环境工程研究所"。

研究所定位为：紧密围绕三峡库区生态环境安全，面向国际大型水库及库区生态环境科学研究前沿，开展三峡水库水体污染、库区地质灾害、库周湿地和库区山地生态环境相关技术的技术集成研究，开发和推广节能减排、生态技术新技能示范，建成国内一流、国际著名的水库生态环境科学研究与技术创新基地。

研究所的建设目标是：一是通过原始创新和集成创新，通过工程化研发和成果转移转化，通过知识创新、技术创新和区域创新的有机融合，催生更多有效解决三峡环境问题的科技成果；二是提升三峡环境的监测与预警能力，为防灾减灾提供科学依据和决策；三是建设高层次科技创新人才培养基地和西部地区科技交流与合作的重要开放式平台。

机器轰轰隆隆，脚手架和这座城市在一起成长。

这样的成长，是缓慢的，也是迅速的。

太阳升起又落下，星光一直灿烂。

来去匆匆的各类装载车一趟接着一趟，拉出去各类石渣，又拉进来各种砂石、钢筋、水泥。

一切，就这样在悄悄改变。

这样的季节里，注定是忙碌的，也注定是坎坷的。

这样的季节里，有阳光，也有雨水，于是工地上有灰尘弥漫，也有稀土泥泞。

"天晴一身灰，下雨一身泥"——成了长期跑建设工地的人最真切的生活写照。

无论是袁家虎，还是高鹏、战超，或者是冯光鑫和唐祖全，都没少在工地上吃过土，喝过灰，时常一趟跑下来，汗水夹杂着灰尘，就跟掉进泥坑里一样。

当时的水土片区，周围只有重庆研究院一家机构在建设施工，别说宾馆酒店，就是小卖部、"苍蝇馆子"都没有一家，连吃碗小面，都要开车到十几公里外的地方。

所以只要来到工地上，所有人都只能在临时的工棚里工作、吃饭和休息。

这对待惯了实验室的科技工作者而言，无疑是一个挑战。

同样面临类似"煎熬"的，还有办公室的关嫒嫒。

这位跟随采写了"中科院落地重庆"全过程稿件的在《重庆日报》跑科技口6年的记者，2011年底加入了重庆研究院，从事办公室工作，跑基建工地自然也成了家常便饭。

"从之前采访科学家到时不时在工地上与建筑工人据理力争，身体和心理上，都是需要转变和适应的。"关嫒嫒笑谈。

"有次去工地查看空调孔的进度。巡查中发现有的孔位置不科学，会影响以后的安装。于是我找来代班的工头询问，可对方看我一小姑娘，直接就怼来'怎么打孔是工人的事，不要你操心'。虽然在我的据理力争下，他们还是改变了空调孔的位置……"

至今讲起来，关嫒嫒虽然觉得很委屈，但怀着对科技工作的感情，从报社来到中科院重庆研究院，有着宣传科技创新和科学家精神的理想和愿望，为中科院重庆研究院的建设尽自己的力量，怎样都是值得的。

建设中，不断出现一些小插曲，也让战超感到新奇和好玩。

"建筑这个行业，有些传统的仪式性行为很有意思，比如开工要搞一些开工仪式，焚香烧纸放鞭炮；封顶也要包一些红包封进里面……这样的过程中，我们都尽力做到尊重施工方的习惯和行业风俗。"

战超介绍，让他们犯难的是在建设区域内，有一个当地老百姓常年祭拜的土地庙。庙很小，但香火却比较旺盛。

建设中，有人提议把土地庙保存下来，也有人提议说干脆拆了。

经过反复斟酌，土地庙被保留了下来，还放上了用水泥做好的小香炉。修好后，当地的老百姓会来烧香插蜡烛，贡点橘子或是其他水果。

"作为一名科技工作者，我们当然知道这意味着什么。但感觉给当地老百姓留这样一个可作为念想的地方也挺好，我们修建房屋，占了老百姓世世代代耕种的土地，也算是对他们的一种尊重。"战超说。

当然，基建过程中，更多的不仅仅是这种有趣的故事。

工地上有两根输油管，是重庆江北机场油料专用管道。

本来按照协议，在施工团队进驻之前，输油管道应该全部搬迁完毕。

"可施工团队进入的时候傻眼了，管道还没动。按要求迁完，就得延长施工进度；油管下爆破除石，需要减少炸药的剂量，变大爆破为小爆破。"战超开起玩笑，"当然，喊我们搞大爆破也不敢，把输油管道弄爆了，飞机都飞不了，这责任可担当不起。"

他们只能一边敦促相关机构搬迁输油管道，一边改变爆破作业方式：从"简单""粗暴"的大爆破变成了小心谨慎"掘进"的小爆破。

就在输油管道搬迁完毕后，已经建设的几幢楼房又起来了，还是无法进行大剂量的爆破作业。

而这直接导致的后果就是：成本增加。

"所以又得去找常斌常委'吵架'，找他要钱。"战超对于跟常斌"吵架"的往事，印象深刻，"'吵架'是常事，但'吵'归'吵'，钱你还得出。""因为整个水土片区都还在规划过程之中，我们研究院是入驻的第一家单位，动工早，所以经常会因为整个片区的规划调整而改变本已经设计好，甚至已经在施工的一些道路、管网系统。他一调整是小事，可对于我们来说，却是一笔重大的经济损失啊。"

"归根到底，还是底子薄了。新建单位，没有一点积蓄，所有家当都要用钱，所以一分一厘都得省着花。"战超感慨。

2011年11月，施工方开始平整场地。

2011年11月28日，举行园区奠基仪式。

2011年12月，基坑开挖。

2012年3月，基础施工开始。

2012年5月，综合科研楼完成主体工程施工过半。

2012年5月，孵化楼、公寓楼、食堂及文体用房几乎同时开始建设。

2012年9月，综合科研楼顺利封顶，其余大楼基本完成施工。

……

2013年9月，一期10.7万平方米基本建设完工。

雨后春笋一般，原本满地绿色麦苗，黄色油菜花的土地上，被一幢幢新修的大楼所代替。

多年以后，已经调回北京的战超，只要来重庆出差，无论是否有工作安排，都会抽时间去园区里走一走。

一栋栋楼房如同自己的孩子，已经长大成人，感慨颇多。

"总的说来，这么大体量的工程建设，最让我感到欣慰的是，没有一起干部和职工违规违纪的情况发生，这不仅仅是我们每一个公职人员应有的素养，更是坚守住了一名科技工作者的道德操守。"

"因为赶时间，在后期软装的过程中，还是有很多遗憾。比如大厅的照明灯没有在一条直线上，歪歪扭扭；有些地方的地砖有色差，没有做到很好的隔断；宿舍洗衣池水龙头使用的人不多，没必要安装自动感应……其实这样一些小问题，虽然不在意也发现不了，但总感觉不完美……"

说这话时，战超作为科技工作者严谨、较真的性格特征又再一次展现了出来。

高大的北方汉子，这一刻也满是感怀。

他端起面前的白色瓷杯，喝了一口茶，然后是长时间的停顿。

3
——

一切美好的开始，都是从不断的遇见开始的。

亦如蓝天遇见白云；亦如大树遇见小草。

而科学家与科学家的遇见，会迸发出全新的思维理念和意想不到的结果。

从建院开始，袁家虎就意识到做好学术交流在科学发展中有至关重要的作用。

准确地说，学术交流就是促进科学发展的产物，也是学术本身发展的需要。任何科研成果都不可能在"真空"状态下诞生，都是在学习前人经验的基础上，借鉴和吸收他人的研究成果而取得的。在社会分工越来越细、学术研究门类和人员越来越多的情况下，这一点就表现得尤其突出。

没有学术交流，就没有我们今天的科学技术，如果取消学术上的交流，就无异于否定科学本身。

中国科学院，作为中国自然科学最高学术机构、科学技术最高咨询机构、自然科学与高技术综合研究发展中心，从创办以来，都将学术交流作为工作的重要板块。中国科学院重庆绿色智能技术研究院虽然刚刚建立，但这样的优良传统却继承了下来，一开始其团队就密集和相关政府机关、科研机构、高校和医院开展各类合作交流活动。

2011年2月15日，袁家虎一行访问中国科学院EDA中心暨微电子所。

EDA中心是中国科学院面对中国IC与系统设计产业发展对技术和人才的迫切需求而设立的机构，是中国科学院面向全院集成电路与系统设计领域科研与教育的网络化公共平台，是中国科学院对外战略合作的代表机构，面向全国开展技术服务。

2月22日，袁家虎一行到重庆恩菲斯软件有限公司进行调研。恩菲斯是一家经营范围包括软件产品及其技术的研究与开发的公司，是中国科学院软件研究所嵌入式软件产业基地。交流中，双方达成了充分结合区位政策优势、人才资源优势及市场优势，与当地产、学、研广泛合作，深入开展嵌入式软件产品的开发、生产和销售的共识，有力地推动了重庆软件产业的发展。

3月10日，中国科学院深圳先进技术研究院副院长吕建成带队到重庆研究院进行访问。深圳先进技术研究院于五年前的2006年2月成立，有刚刚建院的经验，又身处改革开放的最前沿，双方的交流沟通，对重庆研究院的建设发展，有了更多借鉴意义。

5月10日，袁家虎一行到中国四联仪器仪表集团调研。中国四联仪器仪表（集团）有限公司，以重庆川仪为核心组建，是一个集科研、生产制造、销售、进出口贸易、投资为一体的国家计划单列的大型企业集团。

5月19日，袁家虎一行到重庆邮电大学进行交流访问。

6月9日，袁家虎率队到重庆药品交易所进行调研。

……

这样的交流调研活动不仅仅在国内，团队还逐步走出国门，与世界同行在一个舞台上进行交流沟通。

9月28日，袁家虎与美国伊利诺伊大学电子工程学院院长交流互动。

同一天，袁家虎还与美国工程院院士黄煦涛交流互动，聘请其担任中国科学院重庆绿色智能技术研究院战略咨询委员会主任。黄煦涛（1936年6月26日—2020年4月25日），出生于中国上海，中国工程院外籍院士、中国科学院外籍院士、美国国家工程院院士，美国伊利诺伊大学厄巴纳-香槟分校Beckman研究院图象实验室主任。黄煦涛主要从事信息和信号处理方面的研究工作，发明了预测差分量化（PDQ）的两维传真（文档）压缩方法，在多维数字信号处理领域中，提出了关于递归滤波器的稳定性的理论；建立了从二维图像序列中估计三维运动的公式，为图像处理和计算机视觉开启了新领域。

11月7日，加拿大纽布朗什维克大学王鼎益教授到重庆研究院交流访问。

12月5日，副院长高鹏拜访联合国大学软件所。

12月6日，美国医学与生物工程院院士勒布（Gerald E. Loeb）教授赴重庆研究院交流访问，并被聘为重庆研究院战略咨询委员会委员。勒布为南加州大学医疗器械研发中心主任，他的主要研究领域为运动感知神经生理学、生物控制，智能机械等，具体方向是运用微电子设备，通过微创手术进行人工神经修复和重建。在重庆研究院勒布教授作了题为"Biomimetic Technology for Haptically Enabled Robots"（触觉机器人中的仿生技术应用）的学术报告。

12月21日，匈牙利共和国驻重庆总领事馆总领事海博到重庆研究院交流访问。

在这之外，清华大学赵明教授、中国科学院计算所胡伟武研究员、中国科学院基因组研究所于军研究员、南京师范大学白世彪教授、Benni Thiebes博士等知名专家学者都分别到重庆研究院开展过学术交流活动。

......

这样的列举，从阅读的角度来说，的确有些枯燥。

但这些枯燥的列举，更说明了这个仅仅成立一年时间的研究院正用一种开放和接纳的态度与国内外科技同行们进行交流学习。

学术交流在科学技术发展中占有不可替代的重要作用，尤其是在知识爆炸的信息时代和以创新为灵魂的高科技时代，学术交流更是人类从事科学技术活动不可或缺的重要内容。

从这样的角度来看，我们的列举就有了意义。

在这样的交流活动之外，重庆研究院也根据面向地方需求、集成院内外资源的思路，在对重庆市地方科技需求的调研与交流的基础上，与不同的机构合作开展技术研究活动。

特别是与重庆市巴南区、万州区、重庆邮电大学、第三军医大学新桥医院、重庆交通大学等单位签署的全面战略合作协议，同时为了全面贯彻落实院市共建协议，面向重庆经济社会发展的科技需求，推进《重庆市"十二五"科学技术和战略性新兴产业发展规划》全面实施，与重庆市科委签订了科技全面合作协议，进一步加快提升了研究院在电子信息、先进制造和环境工程等重点领域的创新发展能力。

在这之余，袁家虎和班子成员们还分别走访了重庆市环保局、远达环保、四联集团、长安集团、重庆药交所、重庆理工大学、成都有机化学公司等单位，建立了合作关系，打开了合作渠道。

合作同样不仅仅局限于国内。

国际方面，重庆研究院与伊利诺伊大学、加州大学伯克利分校、新加坡国立大学探讨成立"国际多模态智能信息技术中心"，在学科建设、科技攻关和人员交流等方面开展多元合作。

这样的交流活动和合作平台的建立，每年都会呈现出新的惊喜。

这样的惊喜，也让重庆研究院开始在国内外科技发展历程中，从一名牙牙学语的孩童开始成长起来。

虽然这样的过程充满艰辛，但团队始终保持着不断向前的状态。

走向未知的道路上，地处重庆的科技工作者们如重庆的地形特征一样，大江大水，敢打敢拼。

十年的时间中，已经无法用准确的数据来记录有多少科学家走进过重庆研究院，但每一次的走进，都是一次思想的碰撞，都会激起飞舞的浪花。

简单地讲述几个吧，他们，都是会记入整个人类科技发展史的人物，他们能在重庆研究院这块土地上留下痕迹，也是研究院的荣耀。

2014年1月5日，应重庆研究院邀请，诺贝尔物理学奖获得者丁肇中教授用地道的重庆话作了题为《我所经历的实验物理》的学术报告，开启了重庆研究院系列"大师讲坛"的序幕。

丁肇中，1936年1月27日出生于美国密歇根州安阿伯城，祖籍中国山东省日照市，世界知名物理学家，诺贝尔物理学奖获得者，美国科学院院士、美国科学艺术学院院士、德国科学院院士；同时也是中国科学院、前苏联科学院、西班牙科学院、匈牙利科学院、巴基斯坦科学院等10余个国家和地区科学院的外籍院士。

1974年，丁肇中与美国加州斯坦福大学教授伯顿·里克特几乎同时各自发现新的基本粒子——J/ψ基本粒子。1976年，两位教授因此获得诺贝尔物理学奖及美国政府的劳伦斯奖（Ernest Orlando Lawrence Award）。丁肇中也是首次用中文在诺贝尔奖颁奖典礼上发表演讲的科学家。

丁教授在物理学领域取得的卓越成就，对现代物理学发展作出了开创性贡献。

报告会前，丁肇中教授被重庆研究院聘为"首席科学顾问"。

地道的重庆话，让听众近距离感受到了一位世界级科学家的思维方式和学术探索之路。

丁肇中以所从事的重大科研工作为主线，将"测量电子的半径""新粒子家族的发现""胶子的发现""在欧洲核子中心的L3实验"和"国际空间站上的AMS实验"汇编成五个生动故事，总结出了深刻的科研实践体会。

"不要盲从专家的结论。"

"要对自己有信心，做你认为正确的事，不要因为大多数人反对而改变。"

"对意外之外的现象要有充分的准备。"

"主持国际科学合作，要选科学上最重要的题目，引起参加国科学家的最大兴趣，才能得到参加国政府长期的优先支持。"

"自然科学的研究只有第一名，没有第二名。"

"科学是多数人服从少数，只有少数人把多数人的观念推翻以后，科学才能向前发展。因此，专家评审并不是绝对有用的。因为专家评审是依靠现有的知识，而科学的进展是推翻现有的知识。"

"科学研究推动了人类社会的进步，但最初科学家都是因为对自然的强烈好奇去探索的，而非由经济利益驱动去做的。"

……

演讲中金句频出，充满哲思，又有现实指导意义。

这种与世界一流科学家对话的机会来之不易，所以参会的不仅仅只有重庆研究院的科技工作者们。在渝部分高校、科研院所、大型企业等单位的科技主管负责人和科研人员，以及重庆市科委、两江新区管委会和重庆研究院科研人员，共计500余人参加报告会。

"大师讲坛"以丁肇中教授的开篇讲授为开端，给了众多科研工作者接触世界前沿科学的机会。

如果说前几年和国内国际的科学家举行交流活动只能算是"散打"的话，那么"大师讲坛"就是开启了学术交流的系统化步伐。

于是，这样的高端交流活动逐渐多了起来。

2014年6月6日，三位诺贝尔奖获得者乔治·斯穆特（George F.Smoot）教授、艾尔伯·费尔（Albert Fert）教授、丹·谢赫特曼（Dan Shechtman）教授到重庆研究院进行交流访问。

乔治·斯穆特是美国伯克利加州大学物理学教授，天体物理学家、宇宙学家。1992年，斯穆特团队宣布，利用COBE卫星的观测结果，发现了期待已久的宇宙微波背景中的微弱的异向性现象，这是在1亿光年大小的天区内的热的和冷的变化。这些区域内的温度变化相对于平均温度为2.74K的微波背景来说，变化幅度仅有百万分之六。这微弱的温度起伏是由引力起伏造成的，也就是由物质密度的不均匀造成的。他们的团队，更精确，也更全面地验证了宇宙微波背景辐射的两个特征，使宇宙学的研究，进入了一个更为精确的新时代。也因为如此，乔治·斯穆特和约翰·马瑟一起获得了2006年诺贝尔物理学奖。

艾尔伯·费尔是法国科学院院士、巴黎萨克雷大学教授，也是2007年诺贝尔物理学奖得主、自旋电子学的创始人、世界级物理学家。1988年，艾尔伯·费尔教授率先发现巨磁阻（GMR）效应并探明了该效应的物理机理。该技术于21世纪初引发了硬盘存储容量的革命，推动了信息产业的快速发展，经过20多年的发展，基于自旋电子学的非易失性MRAM存储芯片，已经应用于国际知名品牌智能手表等智能电子设备领域，大幅延长了智能手表的待机时间，为未来的物联网（IoT）硬件智能互联提供了基础。

丹·谢赫特曼是以色列理工学院材料科学系教授，出生于以色列特拉维夫，在以色列理工学院先后取得机械工程学士，材料科学硕士与博士学位。1982年4月8日，丹·谢赫特曼在快速冷却的铝锰合金中发现一种新形态的二十面体相（Icosahedral Phase）分子结构，开辟了研究准晶体的全新领域。2011年荣获诺贝尔化学奖，以表彰他发现准晶体。

这样的世界前沿科学家的到来，不仅让年轻的重庆研究院有了对话世界的机会，更对自己的发展方向有了更加明确的目标。

还是在2013年的4月19日，中国科学院院长、党组书记白春礼作的题为《把握新科技革命机遇·支撑创新驱动发展》的报告，就把把握科学发展的视野，放在了全人类科学发展的高度。

白春礼首先讲了两大驱动力让新科技革命很快来临。

"从科技发展史上来看，任何一个科学领域的重大突破，都会深刻地影响人们的生产生活方式，深刻地影响整个社会发展的进程，深刻地影响国家的竞争优势和地位。"白春礼说。

到目前为止，人类社会已经发生过五次科技革命，其中两次是科学革命，三次是技术革命。在这个过程中，很多抓住科技革命先机的国家，都因为加快了发展进程，成为了工业化强国。所以白春礼认为，一方面，虽然已经过了两百多年工业化发展，但要让世界上更多人口实现工业化和现代化，迫切需要一场新的科技革命和产业革命来满足这一需求。另一方面，20世纪初第二次科学革命，产生了量子力学、相对论、宇宙大爆炸等六大成就，但是从20世纪下半叶至今，还没有出现与上述成就相提并论的理论突破或重大发现。

"科学的沉寂已经达到了60年，知识与技术体系内在矛盾也迫切需要新科技革命的发生。"白春礼表示，这两大驱动力的出现，让第六次科技革命已初现端倪，将很快来临，而它也将带来一场产业革命。

白春礼认为，新科技革命的突破口将集中体现在基本科学问题、能源与资源、信息网络、先进材料和制造、农业、人口健康六个领域。

"任何一个领域的突破性原始创新，都会为新的科学体系的建立打开空间，任何一个领域的重大技术突破，都有可能引发新的产业革命，为世界经济增长注入新的活力，引发新的社会变革，加速现代化和可持续发展进程。"

白春礼表示，新中国成立以前中国科技处于落后的状态，新中国成立以后尤其是近10年以来，我国对科技的投入大幅提高，在这六个领域都有了一定的基础和条件。"中国科学家也不再是跟踪别人的步伐，在很多领域都做到了与世界同行，个别甚至还能发挥引领作用。"

那么，中国最有可能在哪些领域率先抓得先机？

对于这样的命题，白春礼也给出了自己的答案。

"在基本科学问题上，像大亚湾中微子实验，在国际上受到很高的评价，被美国《科学》杂志列为2012年十大科学突破。其他如量子通信、干细胞研究等方面我们也作出了很大努力。"白春礼认为，随着全球老龄化问题的发展，中国科学家还可以在老年病治疗上加强研究布局。

发展是充满机遇的，但也需要迎接更多挑战。

特别是对于位于中国西部的重庆来说，更是如此。

所以，白春礼认为创新驱动发展要吸引高端人才来"扎根"。

"新的科技革命即将来临，对于重庆来说，也应当抓住机遇。"白春礼称，重庆的经济社会高速发展有目共睹，比如在信息技术、先进制造技术等方面，以两江新区为代表，吸引了很多国内外的大公司来落户。

同时，他认为，要想让这些大公司真正拉动经济社会的发展，尤其是在一些高端技术领域，重庆还需进一步重视人才，让高端人才来渝"扎根"，打造一个人才高地。

"近年来，中科院与重庆一直都有良好的合作，特别是中科院重庆研究院的成立，在利用中科院丰富的科技资源，推动区域经济社会发展上将发挥更大的作用。"白春礼表示，目前，中科院重庆研究院也聚集了一批人才，将为重庆的发展提供更多的智力支持。

此外，他还谈道，作为技术创新的主体，企业的发展需要不断创新，推动企业与科研院所、大学共建研发机构，也可以为企业的可持续发展提供更好的知识基础。

作为中国自然科学发展的领衔人物，同时也是国际知名的科学家，白春礼的演讲，无疑为中科院重庆研究院和整个重庆的科技工作者们，指引了方向。

其实，在袁家虎"掌舵"重庆研究院的十年时间中，这样的学术交流活动，一直都是面向全球的。

身在峡江之中，胸怀的却是整个天下。

十年，是一个短暂的时间。

十年，同样也是一个漫长的时间。

这十年里，不断地有世界各地的科技工作者飞往重庆。

这十年里，也不断地有重庆声音在飞往世界。

如果用写大事记的方式，我们完全可以列出很长很长的名单，把每一年来来往往的科学家们的名字记录下来。

但毕竟，这样的记录方式，会让读者在阅读过程感到乏味。于是，我们搜录了其中两年的记录，不是太长，但能从中感受到重庆研究院与国内外交往的频繁。

先举2018年的记录吧。

2018年1月3日，原国家自然科学基金委数理学部物理一处处长张守著教授访问重庆研究院，并作题为《我国物理基础研究现况分析与写好申请书侧重点讨论》的专题报告。张守著，国家自然科学基金委数理学部学科主任、教授，博士学位。1991—1996年，分别在意大利、法国、西班牙、巴西等国做博士后研究或访问教授。

1月29日，韩国蔚山国家科学与技术研究院（UNIST）Prof. Rodney S. Ruoff教授应邀访问重庆研究院，并作题为《石墨烯及其衍生材料的性能研究》的学术报告。Ruoff教授是韩国蔚山国家科学与技术研究院（UNIST）化学和材料科学与工程学院特聘教授，多维碳材料研究中心（CMCM）主任。Ruoff教授在材料领域尤其在碳纳米材料领域有着深厚造诣，曾经在金刚石、富勒烯、纳米碳管和石墨烯领域做出多项杰出工作。

3月15日，美国纽约大学库朗研究所Chee K. Yap教授（国际著名计算机科学家）应邀访问重庆研究院，并作题为 On Soft Foundations for Geometric Computation 的学术报告。Yap教授为计算几何和计算代数的发展作出了奠基性的贡献，他提出的精确几何计算（Exact Geometric Computation）理论是解决几何计算非鲁棒性问题的成功范例。Yap教授还建立了以他名字命名的Yap定理，成功解决了Knuth和Lipton提出的关于BBP算法的公开问题。

3月19日，欧洲科学与艺术院院士严晋跃（Jerry YAN）教授应邀访问重庆研究院，并作题为 Transition of energy systems: when-why-how-what 的学术报告。严晋跃(Jerry YAN)教授从事可再生能源技术与低碳技术、能源系统集成与优化、碳捕集利用与封存和碳贸易、先进发电技术与储能，能源高效利用等领域方面研究。获得联合国环境发展署支持的全球人居环境绿色技术奖等，全球SWFF奖最终获提名奖（Finalist）。

4月10日，南京大学王炜教授应邀访问重庆研究院，并作题为《蛋白质分子系统的动力学研究》的学术报告。王炜是科技部973项目"非线性科学及其重要应用"首席科学家（2007—2011），科技部973项目"与激光聚变、自然灾害和深空探测等相关的非线性动力学斑图和轨道稳定性研究"首席科学家（2013—2017）。

4月13日，重庆研究院与西藏大学在拉萨签署战略合作协议。双方将充分发挥各自优势，结合西藏发展需求，在学术交流、科学研究、科研平台建设、人才培养与科普基地建设等方面开展深入合作。

4月19日，美国波士顿大学助理教授、博士生导师Hui Feng博士应邀访问重庆研究院，并作题为 *Fish Tales: Molecular Mechanisms Promoting MYC-mediated Leukemogenesis* 的学术报告。Hui Feng博士长期以斑马鱼模型从事淋巴瘤、白血病、乳腺癌和神经母细胞瘤等癌症机制研究，学术成果分别发表在 *Nature*、*Nature Cell Biology*、*Cancer Cell*、*PNAS*、*Leukemia* 和 *Current Biology* 等国际高水准学术期刊上。

5月9日，美国Franz公司副总裁吴绳泉博士来访重庆研究院，并作题为 *Artificial Intelligence for Industrial Revolution 4.0* 的学术报告。

5月10日，美国东北大学杰出教授、博士生导师Phyllis R. Strauss教授应邀访问重庆研究院，并作题为 *DNA repair in early embryogenesis using zebrafish as a model system* 的学术报告。来访期间，Phyllis R.Strauss教授参观了环境与健康研究中心实验室，调研了长江流域环境健康风险现状，并就相关课题的合作进行深入交流。在报告中，Strauss教授首先介绍了在DNA损伤时BER通路的修复方式以及BER信号通路在斑马鱼胚胎早期发育过程中的重要作用；当BER通路上关键基因Apex1的完全敲除和部分敲低，将导致斑马鱼胚胎的存活率降低最终出现幼鱼致死的现象。更重要的是，进一步研究明确了Apex1基因的敲低对BER通路上其他基因如creb1、ogg1、polβ的调控机制。报告后老师和同学们就DNA损伤与修复通路、斑马鱼胚胎发育、基因敲除表型筛选等问题与Strauss教授进行了深入讨论。

5月11日，西藏大学党委委员、副校长李俊杰调研重庆研究院，进一步推进双方在学术交流、科学研究、科研平台建设、人才培养和科普基地建设等方面的务实合作。

5月22日，中国科学院长春光学精密机械与物理研究所党委书记、副所长马明亚一行调研重庆研究院。

5月24日，复旦大学黎占亭教授应邀访问重庆研究院，并作题为《超分子有机框架：发展输送与催化应用》的学术报告。

6月4日、6月9日，中国恒大集团副总裁谈朝晖两次调研重庆研究院，双方在大健康等领域合作开展科技成果转移转化达成意向。

6月6日，中国科学院成都山地所研究员、博士生导师、优青张胜研究员应邀访问重庆研究院，并作题为《杨柳树性别间差异及利用潜力》的学术报告。

7月6日，重庆化工职业学院副院长张荣教授、法国依拉勃集团安全应用专家谢俊博士等安全专家来院开展科研生产安全培训。

7月11日，原国务院三峡办巡视员、副司长，研究员周维应邀访问重庆研究院，并作题为《长江经济带生态环境保护策略建议》的学术报告。

7月16日，英国伦敦大学学院环境变化专业博士杨洪博士应邀访问重庆研究院，并就英文科研论文写作作题为《"美中不足"与SCI论文写作》的学术报告。

7月26日，加拿大气候变化和环境部张雷鸣研究员应邀访问重庆研究院，并作题为 Recent progresses on dry deposition studies of various pollutants 的学术报告。

8月15日，成都信息工程大学校长余敏明一行调研重庆研究院，并开展合作洽谈，双方在气象研究领域，展开科学研究、成果转化、科技创新、人才培养等合作方面达成初步共识。

8月23日，重庆研究院智能安全技术研究中心联合智慧航安（北京）科技有限公司研发的十项民航领域"黑科技"亮相中国首届人工智能国际智能产业博览会。

8月23日，中国科学院生物物理研究所研究员、蛋白质科学研究平台生物成像中心首席科学家（兼主任）孙飞访问重庆研究院，并作题为《纳米至介观尺度的三维电镜技术》的学术报告。

9月12日，中国科学院地球环境研究所党委书记、副所长、中科院气溶胶化学与物理重点实验室主任曹军骥研究员受邀访问重庆研究院，并作题为《我国大气PM2.5污染现状与控制》的学术报告。

9月17日，中国科学院院士、武汉大学教授夏军莅临重庆研究院进行学术交流。

9月18日，台湾国立宜兰大学王金灿教授应邀访问重庆研究院，并就英文科研论文写作作题为《实验室微生物燃料电池研究进展》的学术报告。

10月8日，陆军军医大学新桥医院全军血液病中心主任，主任医师，长江学者特聘教授张曦主任一行访问重庆研究院太赫兹技术研究中心，并作了题为《造血微环境的基础及临床研究》的学术报告。

10月11日至12日，国际合作局主办、重庆研究院承办的2018年中科院国际科学传播工作培训班在渝举行。

10月19日，美国东卡罗来纳州立大学朱勇教授到重庆研究院进行交流访问，并作题为 Steroid Receptors in Zebrafish Social Behaviors and Reproduction 的学术报告。

10月27日，中科院电子所副所长，中科院电磁辐射与探测技术重点实验室主任，首席科学家方广有研究员访问重庆研究院，并作了题为《太赫兹快速成像方法与技术》的学术报告。

11月8日，南京信息工程大学应用气象学院副院长、"同位素大气化学"团队和学科方向负责人章炎麟教授受邀访问重庆研究院，并作题为《利用同位素技术研究大气污染物来源与化学过程》的学术报告。

11月14日，重庆文理学院副校长王明华一行调研重庆研究院。双方就"机器人研究""新材料研究""学生联合培养"等问题展开深入交流和研讨，并在机器人研究、人才培养等方面达成初步合作共识。

12月19日，新加坡科技研究局材料研究与工程研究院首席科学家、研究顾问 Teng Jinghua 博士访问我院，并作了题为 Metasurfaces for THz and Optical Wavefront Manipulation 的学术报告。

仅仅一个2018年，就有国内外有影响的科学家到重庆研究院举行学术交流活动三十多次。

2019年1月3日，2013年诺贝尔化学奖获得者、美国南加州大学Arieh Warshel教授做客重庆研究院"大师讲坛"，并作题为《我的科学研究》的学术报告。

1月4日，中国人民解放军陆军军医大学实验动物研究中心主任陈丙波教授应邀请访问重庆研究院并作题为《实验动物不可替代》的学术报告。

1月15日，西安分院副院长杨青春一行到重庆研究院就国科大重庆学院建设进行调研。

1月17日，中国科学院广州地球化学研究所唐明金研究员应邀访问重庆研究院，并作题为《矿质颗粒物的大气化学》的学术报告。

1月29日，北京大学谢广明教授应邀访问重庆研究院，并作题为《智能仿生机器鱼》的学术报告。

2月26日，来自重庆大学物理学院的80余名大学生前来重庆研究院参观交流，学生们走进实验室与一线科研人员零距离接触，体验科研氛围浓郁的实验室，聆听科普讲座，学习了解科学知识。

4月，重庆医科大学教授、重庆药物高校工程研究中心主任张景勍应邀访问重庆研究院，并作题为《生物酶高效纳米递送系统应用于慢病治疗的研究》的学术报告。

4月，电子科技大学信息—生物交叉研究中心副主任刘贻尧教授应邀访问重庆研究院，并作题为《肌球蛋白振动：胞内生物力的产生、传递与调控机制》的学术报告。

4月19日，中国科学院计算机网络信息中心主任廖方宇调研重庆研究院。

5月5日，阿根廷布宜诺斯艾利斯大学生态、基因与生物进化系主任 Irina Izaguirre 博士应邀访问重庆研究院，并作题为 Phytoplankton communities in Patagonian and Antarctic lakes 的学术报告。

5月21日，澳大利亚蒙纳士大学鲍桥梁教授应邀访问重庆研究院，并作题为 Light-matter Interactions in 2D Materials and Device Applications 的学术

报告。

6月14日，中国科学院自动化研究所副所长刘成林研究员应邀访问重庆研究院，并作题为"面向开放环境的鲁棒模式识别"的学术报告。

7月17日，南京信息工程大学教授，博士生导师，环境科学与工程学院副院长盖鑫磊应邀访问重庆研究院，并作题为《环境大气细粒子的质谱监测与表征》的学术报告。

7月18日，德国基尔大学兼职教授、玛丽居里学者吴乃成博士应邀访问重庆研究院，并作题为《流域水文过程变化对水生态系统的影响》的学术报告。

7月19日，老一辈自然地理学家郑泽厚教授应邀访问重庆研究院，并作题为《三峡工程对鄂东长江两岸湖泊、地下水与土壤的影响》的学术报告。

7月19日，丹麦奥斯胡大学Erik Jeppesen教授应邀访问重庆研究院，并作题为*Climate change effects on lakes and implications for lake restoration*的学术报告。

8月12日，美国加利福尼亚大学助理教授Andrew Gray博士应邀访问重庆研究院，并作题为*Watershed Sediment Dynamics*的学术报告。

9月5日，中国科学院城市环境研究所研究员杨军应邀访问重庆研究院，并作题为《水库浮游生物群落生态》的学术报告。

10月14日，北京工业大学刘雨溪教授访问重庆研究院，并作题为《挥发性有机物氧化消除的高效催化剂的设计、制备与表征》的学术报告。

10月28日，中-英河流-水库适应性管理专题研讨会在重庆研究院举行。专题研讨会由中国科学院夏军院士、欧盟地平线2020项目首席科学家英国Swansea大学Carlos Garcia de Leaniz教授作为共同主席。

11月15日，李永舫院士受邀访问重庆研究院，并作"大师讲坛"报告《天道酬勤——我的人生感悟兼谈聚合物太阳电池光伏材料最新研究进展》。

11月15日—17日，重庆研究院承办的全国数理逻辑年会暨学术会议在重庆召开。

12月11日，中国科学院院士樊春海受邀访问重庆研究院，并作"大师讲坛"专题报告《框架核酸单分子分析》。

12月18日，中国水利水电科学研究院副总工程师，二级教授黄真理做客重庆研究院大师讲坛。

12月30日，2010年诺贝尔物理学奖得主Kostya Novoselov教授受邀访问重庆研究院，并作"大师讲坛"专题报告。

……

这样的学术交流，让重庆研究院更清楚了自己肩负的责任与使命。

这样的学术交流，让重庆研究院对世界科技发展有了更加准确的认识。

这样的学术交流，让重庆研究院对自己的未来方向更加明确。

这样的遇见，亦如鱼，因为遇见了水而可以自由地生活；水，因为遇见了鱼才变得更有活力。

这样的遇见，亦如雄鹰，因为遇见了天空而展翅翱翔；天空，也因为遇见雄鹰才变得更有生机。

4
—

不谋万世者，不足谋一时；不谋全局者，不足谋一域。

大到国家，小到个人，有了目标就有了前行的方向。

2011年2月15日，中国科学院院长办公会会议批准了重庆研究院建设任务书，同意成立筹建工作领导小组，初步确立了目标定位、科技布局、组织结构、运行模式和体制机制等。

重庆研究院建设标准化目标至此算是正式通过了评审。

其实，在这之前，我们就已经叙述过，从筹建之初，就在不断谋划重庆研究院的建设方式与目标，但这样的谋划过程，注定是充满坎坷的。

3月13日，重庆市人民政府与中国科学院在北京签署了《共建中科院重庆研究院协议》和《重庆市人民政府–中国科学院全面科技合作协议书》。

11月28日，中国科学院、重庆市人民政府、国务院三峡办共同签署《共建中国科学院重庆绿色智能技术研究院（筹）协议》，国务院三峡办参与共建，三方按照"共同投入、需求导向、应用牵引、合作共赢"的原则，共同建设重庆研究院。

在中国科学院、重庆市人民政府、国务院三峡办各级领导的关心支持下，在筹建领导小组的指导下，重庆研究院按照总体规划、分步实施的要求，以"边招人、边建设、边科研、边转化"的模式，在较短的时间内取得了成效。

2012年7月28日，中央机构编制委员会办公室正式批复，同意成立中国科学院重庆绿色智能技术研究院。

筹建开始，重庆研究院就启动了"一三五"发展规划的编制工作，将定位、目标和研究内容与世界科学技术发展前沿、重庆及西部区域、三峡库区经济社会发展重大需求相结合，以加快发展战略性新兴产业和提升传统产业为主线，坚持立足重庆、服务西南，坚持创新驱动、需求牵引、技术立院。按照"地方党委政府满意、合作企业满意、老百姓满意和科技界同行认同"的检验标准开展工作，以规划内容指引发展方向，促进创新跨越。

"一三五"发展规划指：一个定位、三个重大目标和五个重点培育方向。

编制这样的一套从2011年到2020年，长达十年的规划方案，袁家虎自然知道其中的重要，于是整个过程充满了艰辛。

2012年7—11月，重庆研究院组织领域专家、科研骨干深入探讨，精心组稿，形成规划V1版。

这个期间，参考了《国家中长期科学和技术发展规划纲要（2006—2020年）》《中国科学院中长期发展规划（2006—2020年）》及配套规划和专门规划、中国科学院"创新2020"规划、《中国科学院"十二五"发展规划纲要》和相关重点与专门规划、《重庆市中长期科学发展战略性新兴产业的意见》《三峡后续工作总体规划》等系列资料，选择研究方向结合地方需求，形成自己特色，并避免与院内兄弟单位研究方向重复。

有了这样的多方位参考，加上中科院总部和兄弟单位的配合，规划的形成、完善并通过评审，也就顺利了很多。

2012年11月8日，在北京邀请6位领域专家、6位管理专家，就规划V1版进行咨询讨论。

2013年3月26日，院长袁家虎在第九次筹建领导小组会上就"一三五"做专题报告，修改后形成规划V2版。

2013 年 4 月，重庆研究院向"共建三方"中国科学院、国务院三峡办、重庆市人民政府书面征求意见，修订后形成规划 V3 版。

2013 年 4 月 19 日，中国科学院院长白春礼到重庆研究院视察，听取"一三五"规划汇报。

2013 年 6 月 27 日，中国科学院发展规划局在重庆组织召开论证会，形成评审意见，并在此意见上形成规划 V4 版。

2013 年 9 月 13 日，中国科学院秘书长办公会，听取了重庆研究院"一三五"汇报，修改后形成 V5 版。

2013 年 11 月 2 日，中国科学院召开院长办公会，重庆绿色智能技术研究院"一三五规划"审议通过。

把这样的过程列举出来，我们就可好好讲述一下这个规划了。

"凡事预则立，不预则废"，重庆研究院深刻认识到发展规划是实现发展目标的行动纲领，是持续健康发展的重要基础，是指导员工的行动指南。

《发展规划》首先对国内外发展环境进行了分析。

首先，国际研究的重点和热点。通过对欧盟《欧洲 2020 战略》、*Global European 2050*，美国《美国创新战略：确保我们的经济增长与繁荣》，日本《第四期科技基本计划（2011—2015）》等科技发展前沿的国家和地区发展科技发展规划的分析，以及对世界科技发展环境中生态环境领域、先进制造领域、智能信息领域情况的分析，起草组认为大坝工程的库区流域生态环境已成为国际研究重点和热点，特别是针对水库流域污染物跨界过程的生物生态环境效应的研究成为近年来逐渐兴起的热点；绿色制造、智能制造和社会化制造是制造业实现可持续发展的必由之路；爆炸性增长的数据带来了巨大的机遇和挑战，大数据收集及存储、智能分析、先进计算、数据可视化等成为智能信息技术领域的科技热点。

其次，国家发展需求方面。在 2012 年 6 月 11 日召开的中国科学院第十六次院士大会、中国工程院第十一次大会上，时任中共中央总书记、国家主席胡锦涛同志指出：科技竞争在综合国力竞争中的地位更加突出，科学技术日益成为经济社会发展的主要驱动力。信息技术、生物技术、纳米科技、认知科技呈现群发突破的生动景象，知识创新、技术创新和产业创新深度融合催生新一代技术群和新产业生长点。

再次，就三峡库区生态环境领域而言。因为三峡水库是特大型、深水河道型水库，以逆自然季节的水位消涨方式运行，由此而衍生了一系列新的、特殊的生态环境现象及问题。当时虽然有一些国内的研究机构进行了一些研究，但相关研究力量仍需整合、目标任务尚需凝聚、创新集成能力尚需提升，主要体现在单要素研究多、系统研究少；静态研究多、动态研究少；单领域孤立研究多、多领域融合研究少；所以三峡生态环境研究需要综合地球科学、地理学、生物学、应用生态学、环境科学与工程、计算机与信息科学等相关学科的先进理论和方法。因此，迫切需要有效集合国内外研究力量，充分整合相关研究资源，建立具有国际水准的三峡生态环境综合研究平台，协同开展系统性的三峡库区生态环境研究，包括生态环境系统诊断、污染治理、系统保健、系统管理和健康风险评价等。

同时，在先进制造领域，我国在《国家中长期科技发展纲要（2006—2020）》《国务院关于加快培育和发展战略性新兴产业的决定》《"十二五"国家战略性新兴产业发展规划》《国家"十二五"科学和技术发展规划》等文件中提出：将提高装备设计、制造和集成能力，发展智能制造、绿色制造，用高新技术改造和提升制造业作为制造业发展的思路，实施国家科技重大专项，推进先进制造领域核心关键技术突破，发展高端装备制造、新材料等产业，实现制造装备和制造过程的绿色化、智能化。

另外，在智能信息领域，信息化是当今国家发展的大趋势，是推动我国经济社会变革的重要力量。大力推进信息化，是覆盖我国现代化建设全局的战略举措，是贯彻落实科学发展观、全面推进小康社会、构建社会主义和谐社会、建设创新型国家的迫切需要和必然选择。信息化的发展一方面离不开智能信息技术的进步，另一方面也促使了我国信息量的加速膨胀。大数据已成为我国信息技术发展的重要趋势和应用需求，迫切需要开展面向领域的大数据理论与应用技术研究，以此推动大数据在社会经济各领域的应用。

而在地方、企业对相应领域的需求方面，起草组认为，重庆是西部地区唯一的直辖市，是全国统筹城乡综合配套改革试验区，在促进区域协调发展和推进改革开放大局中具有重要的战略地位。2009年1月，国务院出台《关于推进重庆市统筹城乡改革和发展的若干意见》，把加快重庆发展上升为国家战略，提出"加快把重庆建设成为长江上游的科技创新中心和科研成果产业化基地"。面向重庆经济社会发展需求，构建区域创新体系，提升科技创新能力，促进科技成果转移转化，服务战略性新兴产业发展，改造提升传统产业，转变经济发展方式，是建设重庆市统筹城乡改革和发展试验区的核心和关键。所以，重庆及三峡库区生态环境问题、重庆传统制造业转型升级、重庆面向大数据时代的智能信息产业发展等，都亟需科技支撑。

最后是中国科学院自身发展需求方面。2007年中国科学院党组组织开展了我国至2050年科技发展战略研究，制订了18个重要领域至2050年科技发展路线图，凝练了22个关系现代化全局的战略性科技问题。在此基础上，制定了"知识创新工程2020——科技创新跨越方案"（简称"创新2020"），决定2011至2020年继续深入实施知识创新工程，着力解决关系国家长远发展的重大科技问题。将"创新2020"在"十二五"的目标任务具体化，加强与国家规划的有机衔接，加强规划目标研究测算，加强院所两级规划的交流互动，编制了《中国科学院"十二五"发展规划纲要》和科技创新基地、人才、学部、科教基础设施等相关重点与专门规划。

2013年6月，中国科学院发布《科技发展新态与面向2020的战略选择》，提出了未来5年至10年世界可能发生的22个重大科技事件、未来10年我国可能发生的19个重大科技突破，高度关注大数据、先进制造、量子调控、人造生命等可能产生重大突破的科技领域；高度关注宇宙起源、物质结构、生命演化、意识本质等基本科学问题方面的系统性创新；高度关注能源、材料、信息等领域多元群发的技术创新和产业革命；高度关注海洋、空间、农业、人口健康等领域的科技进步，为率先实现科学技术跨越发展找准突破口、抢占制高点。

经过系列分析，重庆研究院的建立就有了必要性和重要性。

建设中科院重庆研究院符合国家实施西部大开发战略要求，符合国家统筹城乡综合配套改革试验区发展战略要求，符合三峡库区的经济社会全面协调可持续发展战略要求。对确保三峡库区长期安全运行、综合效益持续发展、支撑和引领长江上游地区科技水平、提升自主创新能力、发展战略性新兴产业、改造和提升传统产业、转变经济发展方式具有重大战略意义。建立重庆研究院是服务国家战略发展的必然要求，是促进重庆科学发展的本质要求，是确保三峡库区经济社会发展全面协调可持续发展的根本要求，还是中国科学院创新发展的内在要求。

通过繁杂而精准的研讨，对于未来的规划，就思路清晰、步伐明快了。

中国科学院重庆绿色智能技术研究院对自己的使命、定位和发展目标进行明确。

有必要，把这关系未来十年发展的内容叙述出来了。

重庆研究院的理念：

创新为魂，市场为本。坚持需求导向，实施创新驱动；坚持立足当前，出更多创新成果；坚持着眼未来，谋世界科技前沿；坚持市场维度，贯通全价值链；坚持创新为民，科技界产业界认同。

重庆研究院的使命：

引领科技、协同创新、贯通研产，成为卓越综合性研究机构。坚持发挥国家科研机构骨干和引领作用，与国内外创新单元协同创新，为区域战略新兴产业培育、传统产业升级和区域经济与环境可持续和谐发展提供技术支撑。

重庆研究院的定位：

"一平台、三基地。"内涵解析为通过"两融入、一贯通、一协同"实现"一平台、三基地"。"两融入"指重庆研究院面向国家、区域需求，在国家创新体系和区域源头创新活动中融入世界科技前沿，融入区域社会经济发展需求。"一贯通"指重庆研究院贯通基础研究、新技术开发、新产品开发和产业育成的科技、经济创新价值链。"一协同"指发挥重庆研究院共建和区域优势，协同国内外创新要素集聚发展，解决区域经济产业和社会发展核心、关键、共性技术问题。"一平台"指区域科技协同创新卓越平台，"三基地"指宏观微观贯通且融合、顶天立地结合且生根，建成重大成果集成创新基地、杰出人才创新创业和培育基地、战略新兴产业育成基地。

重庆研究院中长期发展思路：

坚持"四个率先"。率先在区域内实现科学技术跨越发展，率先建成区域创新人才高地，率先建成区域高水平科技智库，率先建成区域科技协同创新卓越平台。

以国家和区域的战略需求为导向，不断解析科学问题、凝练科学目标、构建核心关键技术、强化集成创新，践行"出重大成果、出杰出人才、出前瞻思想"的战略使命。

以贯通研产、学科交叉融合为手段，坚持宏观微观贯通且融合、顶天立地结合且生根的原则，贯穿基础研究、新技术开发、新产品集成和产业育成的科技、经济融合创新价值链。

建立完善的"学科交叉融合＋系统集成实现＋科技与经济紧密结合"的政、产、学、研、用、金协同创新机制。

重庆研究院中长期（2011—2020）战略发展目标：

致力于解决三峡生态环境、先进制造业、电子信息产业的关键、核心、共性技术，协同国内外各创新要素单元，将重庆研究院建设成为集重大成果集成创新、杰出人才聚集和培育、产业育成、科研支撑于一体的卓越综合性研发机构。

在使命、定位和发展目标之外，规划还涉及包括"科技布局（三峡库区生态环境领域、先进制造领域、智能信息领域、三大领域科技布局之间的关联性）"、"战略重点（绿色三峡、3D打印、石墨烯材料与应用、大规模自适应智能视觉分析系统、自动推理中的计算理论及应用技术、神经肌—械耦合系统理论与应用）"、"科研组织机构"、"创新力量配置（以发展战略目标为导向，集中力量做大事；统筹利用资源，加强宏观指导和协同合作；加大人才凝聚与培养，拓展人才工作思路；分类管理，科学评价）"等内容的"科技布局与战略重点"，包括"人力资源目标（人才队伍总体规模，人才队伍学历、年龄结构）"、"吸引各类人才的计划"、"研究生培养和教育计划"、"人才队伍管理体系建设（岗位体系、招聘体系、薪酬福利体系、考核评价体系、人才动态更新体系）"、"青年人才培养措施"等内容的"人才队伍建设"，包括"园区规划与基本建设（建设概况、建设原则）"、"科研装备与体系建设（总体思路、建设目标、建设内容、建设进度及预算）"、"相应的管理体制与运行机制（科研装备采购管理、科研设施管理运行）"等内容的"科教基础设施建设"，包括"资金发展目标（资金资源来源结构、经费使用结构、对外竞争经费比例、资源增长速度）"、"资金资源集成的政策措施"、"资金与资源的配置机制（预算管理、建立集中资源机制、科研项目的成本核算、逐步建立有效的激励机制）"等内容的"资源集成与配置"，包括"管理体制（理事会、学术委员会、科技战略咨询委员会、产业发展咨询委员会、组织结构）"、"运行机制（院、地、市联动机制，资源统筹配置机制，以重大成果产出为导向的综合评价机制，简洁高效的行政管理机制，协同创新机制，国际交流合作机制，动态评审与调整机制、贯穿全价值链的产学研机制）"等内容的"体制机制"，包括"拓展文化内涵，形成价值体系"、"设计形象标示，提高社会声誉"、"培养核心观念，营造创新氛围（人才观、团队观、开放观、民主观、员工发展观）"、"完善制度体系，建设制度文明"、"规范行为方式，提升职工素质"等内容的"创新文化建设"。

涉及"科技布局与战略重点""人才队伍建设""科教基础设施建设""资源集成与配置""体制机制""创新文化建设"和前面详细叙述的"发展环境分析""重庆研究院的使命、定位和发展目标"等众多内容，这里不作一一叙述，而且有的部分，还会在后面的叙述中描绘，所以这里，只稍微对

"科技布局与战略重点"的内容进行一些介绍，毕竟这个板块，是整个重庆研究院发展的"顶层设计"。

围绕国家发展战略、总体产业布局和重大科技计划，面向三峡库区及长江上游地区经济社会发展重大需求，面向产业技术前沿，依托中科院科技资源优势以及重庆独有的区域、环境和资源优势，《发展规划》把未来科技布局的重点确定在了"三峡生态环境""先进制造"和"智能信息"三个方面。

首先说说这"三峡生态环境领域"。

《发展规划》对这个板块的"战略定位"为：面向三峡库区生态环境建设与保护重大需求，面向重庆高速工业化、快速城镇化、农业现代化所产生的与生态环境协调发展的需求，研发、集成、应用和示范：环境污染防控技术、装备与管理体系；生态环境重建、保育、调控技术与管理体系，支撑"绿色三峡"——"三峡库区经济社会可持续、人与自然和谐共处"发展模式。

同时确定了两个研究目标。

一是重点解决的科学问题：高强度人类活动扰动与自然地表生态环境演变过程叠加下，大型河道型水库环境复合污染物多介质转输机理与控制原理、流域生态环境安全评价的科学原理与基准及敏感要素判识方法、生态环境系统多因子耦合与交互影响特征、演变规律与调控机制。

二是重点解决的技术问题：力争在污染源及库区生态环境在线监测技术、网络和智能技术体系，复合污染综合防控技术及体系，水体富营养化和小流域污染防治技术，库区及库周退化生态系统保护和修复关键技术，库区生物多样性资源保护与利用技术等方面取得成体系的突破。

所以在研究内容上，确定了以三峡库区小流域和次级河流单元的城乡污染源，消落带生态安全、生态屏障、典型污染物监测、生态环境诊断关键技术与装备为研究对象，开展三峡库区流域生态环境演变，水库水污染过程与治理、区域大气复合污染过程与治理，以及生态重建与保育等领域的跨学科交叉、综合性研究，研发三峡库区生态环境演变调控与干预关键技术及技术体系。

其次是"先进制造"方面。

《发展规划》对这个板块的"战略定位"为：面向重庆和西部装备制造业发展重点及技术需求，以绿色、智能为目标，突破共性技术和关键技术，实现产业源头技术创新和系统集成创新，助推产业升级，强化产品开发，促进成果转化与产业化。

也同样确定了两个研究目标。

一是重点解决的科学问题：在3D打印方面，重点解决：激光打印过程中光与物质相互作用机制及其在激光熔化成型过程中的高效率化原理；激光熔化成型过程中能量传递范围控制机理与机制、激光熔化后快速凝固过程中组织变化规律与控制机制等基本科学问题。在石墨烯材料方面，着力解决：二维石墨烯及其微纳结构与光子、电子相互作用的规律；石墨烯材料的能带裁剪与修饰模型；光电器件与智能终端的定向设计方法。在神经肌—械耦合方面，着力解决：高级运动感知神经系统解码理论和算法；高可靠性外周神经接口技术、高精度多维仿生机械控制技术；机械手臂多元触觉传感信号的融合问题；柔性协调控制理论分析；多维触觉反馈分析算法以及触觉反馈柔性控制。

二是重点解决的技术问题：在3D打印关键技术发展方面，着力解决：3D打印材料规模化、低成本制备技术；高精度、高效率3D打印关键技术；高精度，高效率激光3D打印装备技术；难加工材料3D打印制造中的关键工艺技术。在石墨烯材料方面，着力解决：面向智能终端制造应用的大面积、单层石墨烯规模化制备技术；器件实现中的石墨烯结构化方法与系统集成技术。在神经肌—械耦合方面，着力解决：交互式神经联接芯片、植入式微型神经芯片调控技术；多元触觉感传感器的研制；多自由度、多关节肌电控制仿生灵巧手的开发；触觉制导遥操作手术机器人关键技术。

"先进制造"的研究内容主要为：

在3D打印方面：以高效率、高精度、高性能零部件的激光熔化成型技术、3D打印设计理论与方法、3D打印用材料设计与制备原理等为研究对象，开展高效率、高精度、高性能零部件的激光熔化成型基本原理、关键工艺、装备与应用技术研究，面向3D打印技术特征的设计方法学研究，功能性3D打印材料定向设计原理、方法与制备技术研究，低成本3D打印材料规模化制备技术开发，难打印材料零部件3D打印制造工艺与应用研究。

在石墨烯材料方面：在阐明石墨烯基本物理性质的基础上，研究石墨烯性能的可控调制、石墨烯器件集成与优化、规模化石墨烯材料与器件制备技术，同时开发卷对卷石墨烯规模化制备样机及配套工艺。

在神经肌—械耦合方面：在深入探讨运动神经元的基础上，研究植入式微型植入系统高效无线供电技术、生物传感电极以及系统集成；研究高分辨肌电信号识别算法；多元触觉信息融合算法；重点开发的技术主要包括空间位置、触觉、压力、温度等的高精度微型传感器件，传感及控制信号的实时传输及信号综合分析技术，并将该系统"植入"人工假肢的主要关节和操作接触面，在受体神经系统与假肢之间建立实时本体反馈控制系统，实现高精度、多自由度假肢真实自然运动控制。

最后是"智能信息"板块。

《发展规划》对这个板块的"战略定位"为：面向智慧三峡、智能视觉分析和自动推理等信息技术领域，突破智能感知、智能控制等核心关键技术，成为电子信息战略新兴产业培育和传统产业升级改造的驱动者。

这个板块需要解决的两个研究目标是：

首先还是需要重点解决的科学问题：针对大数据规模巨大、复杂度高、产生速度快、低价值密度与高价值总量的特征，聚焦自动推理中的大规模代数微分方程求解、基于实验的定理证明以及增材制造中高维自由特征模型的计算几何等问题。

再是重点解决的技术问题：面向智能安防、智慧城市，突破复杂条件下多目标人体检测跟踪与识别、基于关键簇反馈的视频事件推理、多目标／多属性综合语义提取与分析、基于云计算的视觉智能检索与分析等关键技术；

面向智能设计与制造，突破大规模代数微分方程求解、自动推理中误差可控计算、增材制造中高维自由特征模型的计算几何方法、工业统一建模中的推理技术和反向优化等关键技术。

《发展规划》还对"三峡生态环境""先进制造"和"智能信息"三个领域科技布局之间的关联性进行了分析。

世界科技发展呈现多点突破、交叉汇聚的趋势，整体统一、系统最佳成为学科发展的方向和追求目标。重庆研究院是由中国科学院、重庆市人民政府和国务院三峡办三方共建的科学院在渝直属科研机构。在学科布局方面既要顶天又要立地且生根，着力解决三峡生态环境与区域战略新兴产业培育和传统产业升级中的关键、核心、共性技术。重庆研究院坚持"创新为魂、市场为本"的理念，坚持交叉融合、系统集成、互为支撑的原则，在三峡生态环境、先进制造、智能信息三大领域进行了科学布局。三大领域科学布局中的科学和技术问题互相交叉、互相融合、互相支撑、密不可分，是重庆研究院发挥综合整体优势，系统最佳的基础。

5

茎干粗壮，树形奇特，悬根露爪，蜿蜒交错，古态盎然。

沟沟坎坎的重庆，大江大河的重庆。

这样的重庆，适合这样的大树生长。

叶片油绿光亮，树干根深杆壮。

黄葛树，别名黄桷树、大叶榕树、马尾榕、雀树。

很少有人知道，它还在佛经里被称之为神圣的菩提树。

被叫做"黄桷树"，纯粹是地地道道的"重庆制造"。重庆地方话中"角"与"葛"读音一样，重庆人"想当然"地认为树木名称都应加个"木"旁，于是就有了"黄桷树"的称呼。

在这沟沟坎坎之间，在这大江大河之间，黄桷树用其顽强的生命力，演绎着重庆人的性格特质。

又是去栽种的时节，黄桷树上开始长出新的嫩芽。

什么时候栽种，来年的什么时候长出新芽。

所以，黄桷树也被解读成为"记忆之树""感恩之树"。

在中科院重庆绿色智能技术研究院的院子里，自然也栽种着重庆市的市树：黄桷树。

新的枝芽长起，新的故事在不断演绎。

黄桷树下，不断有新的身影走过。

重庆研究院的建立，首先就是从人员的招聘工作开始的。

从袁家虎、高鹏、战超三人在重庆的第一次会合，到筹备组13人的合影，重庆研究院按照发展规划积极配置人力资源，大力实施人才队伍建设，着力引进国内外杰出人才，积极培育青年骨干人才，逐步建立并完善人力资源管理制度，建立起了一支规模适度、结构合理、动态优化、充满活力的研究人才队伍。

人员的会集，是以"滚雪球"的状态开始增长的。

从袁家虎"多顾"美国请回周曦、史浩飞等第一批"海归博士"，到重庆、成都、武汉、南京、天津、西安、北京、上海、哈尔滨等全国各地高校招聘宣讲，再到牵手中国科学院张景中院士等一批知名学者，重庆研究院的队伍逐步壮大。

这样的过程是艰辛的，特别是地处中国西部的重庆，相比"北上广"和东部沿海城市，吸引人才的难度可想而知。

栽得梧桐树，引得凤凰来。

"筑巢引凤"的工作，在重庆研究院立竿见影。

到2011年底，重庆研究院就从最初的13人，发展到拥有在职职工89人的规模。其中科技人员71人，包括中国科学院院士1人，研究员及正高级工程技术人员14人，副研究员及高级工程技术人员18人，"西部之光"人才入选者5人。

而到2014年底，短短三年时间，研究院就已经拥有正式职工近300人，硕士研究生以上学历员工占比达到89.56%。

筑巢引来的"凤凰"还不仅仅体现在学历上。就在2014年底，员工中就有海外中高层次人才84名，占在职员工的29.37%；同时，还拥有中科院院士等国家级人才7人，中科院"百人计划"等部级人才30人，重庆市多类人才计划入选37人次。

当然，科学研究机构的人才引进、培养、管理等内容，是一个重要而庞大的体系，里面的许多故事值得记录，更值得思索，为了讲述更加精彩，后面我们会用专门的章节进行记录，这里，不得不将笔墨转移到其他内容之上。

人才引来，就得发挥人才的作用。

在科研机构，人才最重要的作用，当然就是科学研究了。

这个板块的内容也同样丰富，后面也会用一个专门章节进行叙述，这里稍作简单阐述。

围绕"三峡生态环境""先进制造"和"智能信息"这三个大的领域，重庆研究院一开始，就呈现出蓬勃之势。

亦如三峡的波涛，浩浩荡荡，汹涌澎湃。

按照"边建设、边招人、边科研、边转化"的思路，从2011年的第一年开始，重庆研究院下设的信息所、智能所、三峡所首批就确立了16个研究方向。

当年年底，就筹建了自动推理与认知重点实验室、流域污染过程与控制重点实验室、超算中心、嵌入式软件测评工程实验室、绿色制造实验室、智能工业设计实验室、云计算中心、智能多媒体中心、战略情报研究特色分馆等近十个实验室。同时共有在研项目18项，其中，参与承担国家863项目2项；承担重庆市科委重大科技攻关项目12项；参加"国家科技支撑计划"项目1项；承担中科院"西部之光计划项目"2项，承担中科院院地合作项目1项。

无数个不眠之夜，无数个月明星稀。

"石墨烯"研究、"3D打印"、"人脸识别""三峡生态环境监测"……

一系列研究成果开始不断开花、结果。

这样的浇灌、培育、采摘的过程，我们后面慢慢讲来。

这个章节里，我们得聊聊孕育这些果实的土壤上，最开始呈现出来的文化氛围，给予了后面什么样的影响。

就在建院十年后，为撰写这本书而进行的采访过程中，无论是已经回到北京的高鹏、战超，还是到四川省人大任职的原中科院成都分院党组书记、常务副院长王学定，更或是继续在重庆研究院坚守的院长袁家虎、党委书记韦方强、副院长张长城、党委副书记陈永波等人，都不约而同谈到了两个字——"文化"。

"文化"，在世界各国的辞典中，其定义不下300种，复杂又各有侧重。

学者、作家余秋雨对"文化"一词有一个极简定义：文化是一种成为习惯的精神价值和生活方式，它的最终成果是集体人格。

电视剧《亮剑》里，主人公李云龙也有过这样一段很有意思的论述：一支具有优良传统的部队，往往具有培养英雄的土壤。英雄或是优秀军人的出现，往往是由集体形式出现，而不是由个体形式出现。理由很简单，他们受到同样传统的影响，养成了同样的性格和气质。任何一支部队都有自己的传统，传统是什么？传统是一种性格，是一种气质。这种传统和性格，是由这支部队组建时首任军事首长的性格和气质决定的，他给这支部队注入了灵魂。从此不管岁月流逝，人员更迭，这支部队灵魂永在……

那么，王学定、袁家虎、高鹏、战超，抑或是其他人谈到的重庆研究院的"文化"，具体体现是什么？该如何理解这些文化呢？

中国科学院重庆绿色智能技术研究院的文化，就是以袁家虎等人为代表的首批创建者，在其带领下形成的一种成为习惯的精神价值和生活方式。

这样的精神价值和生活方式，具体是什么？各有各的解读，形成定论，需要长时间的沉淀、提炼。

但其建立的过程，是可以讲述的。

毕竟，这样的过程，也是不断磨合、提炼的过程。

建立的过程，更是袁家虎、高鹏、战超等首批创建者，把自己对于科技工作的信仰及其表现形式，落实和影响到整个团队的过程。

成立伊始，重庆研究院就初步形成了"创新为魂、市场为本"的核心价值理念，并不断拓展其内涵和外延，营造、培育和建设有利于催生创新动力、激发创新思维、提升创新能力的人文生态环境，为科技创新提供精神动力和智力支持。

前辈科学家教导："科学是无国界的，而科学家是有国籍的。"

重庆研究院始终牢记使命，把"科学、民主、爱国、奉献、唯实、求真、协力、创新"的中国科学院院风和科学院精神贯穿科技创新实践的全过程，同时确立"创新为魂、市场为本"的核心价值理念，形成了独具特色的重庆研究院核心价值体系。

"创新为魂、市场为本"中的"创新"包括科技创新和体制机制创新，它是研究院不断发展壮大、走向一流的必由之路。重庆研究院建立以团队为主体的科研组织模式，各团队发展不拘一格，旨在充分发挥科学家的创造力，激发创新活力，并要求所有团队做一流研究工作，冲击世界科技高峰是研究院科研工作的主要目标。而市场是发展的根本，重庆研究院将紧密围绕核心价值理念，以达到一流科研水平，实现与产业应用的和谐统一。

重庆研究院秉承"以人为本、追求卓越、高效实用、开放合作、关心民众"的执行文化，尊重每一位员工的人格尊严和思想自由，鼓励大胆想象、不断创新、宽容失败。重庆研究院强调效率和速度，反对官僚主义和形式主义，以开放的姿态，与全球一切创新元素开展各种形式的合作，利用科技创新服务社会、服务民生，推动研究院和谐可持续发展。

重视科学传播。通过各类媒体、讲座、论坛、科普活动和成就展览等形式，系统全面地向社会展示重庆研究院的创新成果，宣传创新人物，宣讲创新案例，让社会公众了解和认识重庆研究院，提升重庆研究院的影响力和竞争力。加强科学文化传播，宣传科学思想，倡导科学道德，弘扬科学精神，增强创新意识，提高全民科学素养。

确定了基本文化基调，落实贯彻也是一个重要的过程。

研究院首先设计了形象标识和形象物，鲜明的形象标识是一个团队自我认同感不可或缺的因素。

重庆研究院LOGO秉承了"绿色"和"智能"的核心含义，以及服务新兴产业的发展方向。圆形徽章阐明了重庆研究院与中科院的隶属关系；中心的两片蓝色部分，代表环绕重庆的长江和嘉陵江，蕴意我院立足重庆，服务西部经济社会发展。两片蓝色组合在一起又如"Z"的变形，代表"智能"之意，蕴意服务新兴产业的发展；中心的绿色圆球象征着活力、生命、环保，其居于中心，不仅强调了研究院所秉承的"绿色"的核心理念，而且赋予了强烈的生命力和感召力，使周围物体均向中心凝聚，形成一种高度集成的智慧体。

重庆研究院形象物以水滴为原型，形似在地球上溅起的一颗水滴，寓意重庆研究院"滴水之恩，涌泉相报"，"上善若水，水利万物而不争"，"滴水穿石"，"汇滴成流"的理想和精神境界。

在这之外，重庆研究院着力培养自己的核心观念，营造出创新的氛围。

于是，研究院制定了自己的人才观、团队观、开放观、民主观、员工发展观，完善制度体系，建设制度文明，规范行为方式，提升职工素质。

每一项，都有具体的规定。

为便于阅读，我们不一一列举，这里仅简单谈谈"人才观"。

研究院认为：

有一流的人才，才有一流的重庆研究院。人才是重庆研究院的第一资源，因此，不断吸引、培养优秀人才，充分发挥科学家创造热情是重庆研究院孜孜以求的目标。

不拘一格用人才。创造丰富多彩的形式，唯贤是举，使优秀人才愿意在重庆研究院平台上发挥才智。海纳百川，能用怪才偏才。重庆研究院是一个大舞台，不同流派、不同风格、不同特长的人才都有表现机会；百花齐放，万紫千红是重庆研究院追求的景象。

不慕虚名，重用实才。重庆研究院关注在科技研究和应用推广中做出实际贡献的人才，反对沽名钓誉，浮夸吹牛之风。

人才辈出，不因一才废众才。重庆研究院倡导人才辈出、代代相传、青出于蓝而胜于蓝的理念，反对压制人才。

人无完人，重庆研究院有宽容的环境，容忍人有错误和缺欠存在，大家一起努力臻于完善。真诚尊重人，细致关心人，充分信任人，全面发展人，营造平等、宽和和激励创新的环境，人尽其才。

为营造创新文化环境，研究院还努力加强科研环境的营造，尽可能开展一些羽毛球、乒乓球、健身等各类体育、文艺活动，满足职工各类需求，营造轻松和谐，富有创新文化氛围和符合人性化理念的工作环境。

同时积极建立畅通的沟通机制，设立院长信箱、院长接待日，广泛听取基层员工建议意见，更好地实现交流思想、沟通情况、解决问题、促进发展。

作为一个新建单位，一切都是全新的开始，包括基本的管理制度。

所以研究院在努力营造开放的文化氛围的同时，也积极建立各种规章制度，以"一流管理"为目标，建立"职责明晰、开放有序、评价科学、管理规范"的现代研究院综合管理规章制度，确保理事会领导下的院长负责制顺利实施。按照相关规定，重庆研究院建立了理事会、战略咨询委员会、产业发展咨询委员会，建立了院（中国科学院）、市（重庆市人民政府）、办（国务院三峡办）联动机制，资源统筹配置机制，实施分类管理，科学评价，形成以重大成果产出为导向的评价体系，简洁高效的行政管理机制，协调创新机制，国际交流合作机制，动态评审与调整机制，人事聘用机制，和贯穿全价值链的产学研机制，建立起公共技术服务平台、技术及企业孵化平台、管理运营服务平台和投融资服务平台。

建立，在书本上相对简单，落实到行动中才是真正的难点。

无论是文化氛围的形成和制度的落实，都需要一个漫长的过程，更需要一批又一批人的努力。

仅仅行政办公中的文件签收发放、公文流转这些具体工作，在成熟的单位，有其固定的流程和规范，但对于新建的中科院重庆研究院来说，一切都要从零开始。

战超当时分管办公室，对于这些看似简单的行政事务，都得从头教起："当时办公室有个小女孩杨柳大学刚毕业，签批件，安排会议室，会务布置这些事情都不会，我经常批评她，还把她吵哭过……因为才参加工作，这些行政事务都得从头学起，起步低，但她进步快，现在都是人事处的副处长了。"

"再比如公文流转，反映了一个单位的办事效率，转得快了，效率就快，所以必须有人盯着……"战超回忆。

一切都才开始，譬如这安全保卫工作。

一些科研项目涉及国家安全，更有相关内容与军事科技研究密切相关，所以安全保密工作非同小可。王邦祥一直从事安全保密工作："从零开始，一直着手保密制度的建立，而且盯着的都是军工单位保密标准。"

在王邦祥的推动下，不仅实验过程中从没重大安全事故发生，而且连续多年达到军工科研单位安全标准化要求。

……

行政工作如此，财务工作也同样如此，需要从一开始就进行规范。

"首先是建设期间，那些年，整个基建行业都不是很健康，有它独有的潜规则，也没现成的规章制度去规范它。后来我就去找了很多案例，和唐祖全几位一起，把这些正反两面的案例变成规矩，必须遵照执行。"面对七八个亿的建设项目，战超最得意的，就是没有出一起腐败或违规事情，"无论有多少潜规则，我就管进度、管质量安全、管党风廉政、管造价。比如党风廉政，我们制定谈话制度、举报制度，让整个建设过程规范起来。"

"日常财务工作，我们也建立了一些制度，同时根据科研机构的特点，进行了创新。"战超回忆，"因为中科院的单位花看得见的钱，不会花看不见的钱，也就是说拿到手的钱就花，不会花那些还没到手的钱。一个科研团队，有多少钱，该怎么用，他都是很清楚的，我们财务做的就是把每个团队的经济情况，每个月都出报表，然后给袁院长看，主要掌握每个团队的资金使用进度。"

战超在中科院总经济师的工作经历，发挥了作用。

一直在重庆研究院从事财务工作的资产财务处处长段国华有自己的感触："财务有财务的管理规矩，科技工作者有他们的秉性特征，在中科院体系要做好财务工作，就得突出服务意识。"

在多年的财务工作中，段国华不断探索着财务制度的改革："财务工作，不是管，而是服务。帮助科技工作者进行项目策划、资金规划，才能更好地促进科技研究与成果转化。"

制度的建立完善，并不是一帆风顺，更多的磨合过程，是在时间的潜移默化之中。

"新建单位，人员来自五湖四海，有原中科院体制内的，有高校的，也有海外归来的，同时还有刚刚完成学业才参加工作的。高校有高校的文化，科研单位有科研单位的文化，公司有公司的文化，它的管理体系都不一样。一个人到了一个新单位，往往是什么样子呢？他会拿原单位对自己有利的方面去比较新单位对自己不利的方面。包括我也是这样，会不可避免觉得自己原来的体制才是最好的，会放大原单位体制的优势，以此来对比新单位制约我的规则，这就会形成新旧制度碰撞的东西。"2016年9月，调任重庆研究院的韦方强开始担任党委书记、副院长，新入这个单位，对其文化的碰撞感触颇深。

韦方强说："没有形成文化的时候，要把它引导到一个主体文化里面去，进而形成重庆研究院的主体创新文化，这是挺难的一件事情。我主持党委的工作以后，就是要把各种思想，各种文化朝一个方向引导。"

"发展的过程，会面临很多困难。"韦方强说，"重庆研究院提出的'创新为魂、市场为本'，里面的'创新'为了什么？就是为了创业。我认为创业有两个层面的含义。一个是我们研究院本身，经过十年发展，要想再上一个台阶，就要进行二次创业，以取得更大的突破。另外一个是要为社会创造价值，我们研究院和其他院所的定位就不一样，导向就是要面向市场，要创造价值。当然，价值创造之后，在分配上必然要形成机制。不管是科研人员，还是管理人员，或者是技术支撑人员，只要为重庆研究院的发展作出了贡献，都可以获得不同比例的利益，这就是共赢。"

韦方强1968年出生于山东临沭，1991年兰州大学地理系毕业后到中国科学院水利部成都山地灾害与环境研究所攻读硕士学位，1994年毕业后留所工作，致力于山地灾害减灾理论和技术研究以及3S技术在山地灾害研究中的应用研究。在山地灾害预报理论和方法以及灾害风险评估领域取得了一系列创新成果，并获得四川省科技进步一等奖、国家科技进步二等奖。

本就在自己的领域取得很多成绩的韦方强，和袁家虎一样，怀揣着干事创业、开疆拓土的梦想，所以当组织谈话征询是否来渝工作的意愿时，毫不犹豫地选择了同意。

从主要从事科学研究，到主要从事科学管理，韦方强都一丝不苟，满怀激情。

中国科学院大学重庆学院的建立，他倾注了很多心血。

"我的想法其实很简单，国科大重庆学院的建立，能够带来很多资源，而这种资源不仅仅是资金方面，更重要的是还可汇集很多的研究生资源。"韦方强说，"我觉得我们国家的腾飞，进入了第三个阶段。第一次腾飞是改革开放初期，办了很多初级的工厂，国家基础教育的普及为其提供了大量的初级技术工人；第二次腾飞是高等教育扩招，积累了大批的工程师和中高级技术工人，为向中高技术转型提供了人才支撑；第三次腾飞，必将是向高新技术的转型，这就需要大量高精尖人才的支撑。中国科学院大学，就是要把科研和教育结合起来，培养出真正的高精尖人才。"

"重庆研究院要真正扎根重庆，为重庆市和国家的科技事业和经济社会发展做服务，所以探索的步伐就不能停止。创新是我们的重点，我们会瞄准国家需求，地方需要，去做研究，去培养人才。"对于未来，韦方强信心满怀，"重庆研究院做了很好的人才储备，大量的科学工作者都才三十多岁，科研生涯逐渐进入黄金期。未来可期！"

是的，未来可期。

十年·零到壹
CIGIT, CAS

集小流成大江。

亦如嘉陵江汇入长江，更加波涛汹涌，更加气势澎湃。

这个过程中，有浪花，有波涛，但始终向前。

6

——

9月，已经进入收获的季节。

在高低落差起伏巨大的重庆，中高山地区，这个季节树叶已经开始变黄，秋天正在悄悄来临。

9月9日，是个收获的日子，也是开始的日子。

早在1927年的9月9日，34岁的毛泽东和中共湖南省委根据中央临时政治局常委会的决定，领导和发动了湘赣边界秋收起义。秋收起义使中国共产党拥有了第一支具有独立番号的人民军队；有了第一面属于人民军队自己的军旗；还是在农村组织发动的第一次武装起义。

所以，秋收起义，是收获的，也是开启的。

袁家虎专门选择在这样的纪念日里，作为重庆研究院搬家的日子。

从汽博中心搬到水土，无疑是重庆研究院一次真正意义上的腾飞。

"搬家"，这两个字好说，却不好做。

整个水土区域，除了重庆研究院新建好的几栋孤零零的房屋外，还是一片荒芜。

除了几条道路，几栋房屋，整个水土没有一丁点儿其他设施。

建设、装修工程还在收尾阶段，整天尘土飞扬，噪声不断，别说提供一个安静的科研环境，就是维持场地的清洁卫生，都是一件难事。

管理人员、科研人员、后勤团队，几百人的队伍突然拉过去，食堂还没有建起来，周边没有饭馆，吃饭更是难以解决的重大问题。

汉国中心虽然地方不是特别宽敞，但基本的实验室已经建立，可以从事简单的科学实验。搬到新办公楼，实验室从拆到再次安装，也需要过程，这也会耽误现阶段的研究进度。

离主城太远，没有公交车配套，出租车、网约车不愿意去，科学家深夜做完实验无法回家成为常态，通勤问题亟需解决。

新建的房子才完成内部装修，里面气味严重，过早入驻，影响身体健康。

……

一系列的问题摆在眼前，大部分职工都觉得搬家还是缓一缓的好。

袁家虎有自己的考虑："但我呢，还是觉得不要拖。这是基于我过去的经验，以前在成都光电所工作时，也搞过一个产业园。当时光电所相关的企业都分散在成都周围的各个县里面。县里面给了一块地，我们跟社会合作，盖了一些房子，也一样的情况，计划的时间到了，但配套没完善，一个方式就是缓一缓；另一个方式呢，就是搬进去。后来我们觉得还是应该按期搬进去。它的好处就是你人来了以后，所有管理、建设都得规范化，配套尽管还存在很多不足，但是它在改善，人在那里一逼，改变就很快；但如果你不来，不管是晚一个月，还是两个月，也还是会发现有很多问题没解决。"

"只有我们搬进来，才能逼着去把相关配套解决好。"袁家虎说，"后来我们觉得如果9月份不搬，到年底你还是搬不了。老是犹豫不决的话，整个进展就会很受影响。"

做事雷厉风行的袁家虎，下定决心，力排众议，决定于2013年9月9日必须搬家。

而且，必须是领导带头搬。

"只有领导过去了，员工才会真正意义上地过去。"袁家虎要求班子成员带头收拾自己的办公用品，打包装箱。

在搬家公司的帮助下，实验仪器的拆卸，办公用品的打包，文件档案的贴标分类，过程繁忙而有序。

大型楼宇虽然建设完毕，但绿化、软装等扫尾工程还在进行，路上经常有烂泥，施工车辆也进进出出，这无疑给行政管理和科学研究都带来了不小的影响。

因此，表面上有序推进的背后，是迅速建立起来的后勤保障体系的支撑。

"吃、住、行"，首先要解决的，就是"吃"的问题。

宋桥台也是在这个时候，开始接触后勤管理工作。

"原以为从事后勤管理可能会相对简单，容易一些，但真正做了这方面工作以后才发现，事情并没有想象的容易。"宋桥台说。

在借鉴兄弟院所经验的基础上，重庆研究院在2013年设立了物业公司，系统完善后勤保障。

"每一个板块都涉及很多细节，虽然繁琐，但时间久了，也摸索出来一些规律。"宋桥台介绍，比如食堂，从最初几百人用餐，到后来逐渐发展到近千人用餐，大家发现反而是人多比人少更好管理，"你看300人吃饭，和1000人吃饭，就不一样。300人做多了，你卖不完，剩饭剩菜不好处理，留到下一顿，大家都不愿意吃。但1000人的话，在菜品更丰富的情况下，销量还在提高。""研究院的人员来自全国各地，很大一部分还在国外待了多年，但厨师团队又基本都来自重庆本地，要满足大多数人的口味，就更考验我们的食堂运营能力了……"

"吃"之外，还有"住"。

袁家虎、高鹏、战超等人带头搬进了公寓。但搬迁期间，很多地方还没有修建好，满足不了居住需求，职工就只能一部分继续住在汽博中心，一部分住在水土，还剩一部分去了蔡家的公租房。

夜静下来，施工车也停了下来。

这时候，只有竹溪河水流淌的声音。

宋桥台说:"夜深人静的时候,有哗啦啦的流水声,再就是此起彼伏的虫鸣,也还有几分诗意。"

但出行,就没有这么诗意了。

"出行走绕城高速,到市级机关开个会,怎么都要一个多小时。"宋桥台介绍,"有些同事出差,买的机票很早,司机需要凌晨四五点就起来;要不半夜十一二点,甚至一两点钟才从外地回来,又需要安排司机去机场接机。"

对于保障好"吃住行",分管院领导张长城感触颇深:"对于分管的工作,比较杂,经常开玩笑要用十个指头掰:安全、质量、资财、平台、基建、后勤、工会、扶贫……但最让人放心不下的,还是安全。"

在重庆研究院期间,张长城重点健全安全体制机制,推动网格化管理,建立隐患信息反馈渠道,培训宣传和技防群防等有效方式方法,坚持安全风险排查、专项检查和应急演练相结合,全力加强疫情防控,无重大安全事故发生。

兵马未动,粮草先行。近千人的后勤保障,是干好一切工作的前提。

后勤保障好了,也是让科技人员在重庆研究院沉下心来工作的前提。

"比如说800多人吃饭的食堂,众口难调,但我们有底线:就是卫生问题和安全问题。而品质问题、口味问题,要在不断的摸索中进行改善。"张长城说。

因为张长城在北京工作时间较长,对科技成果转移转化工作较为熟悉,所以在做好本职工作的前提下,还对分外工作积极提供帮助:"有次偶然看见相关同志在写一个'弘光计划'的汇报材料,就上去一起商议讨论,出主意、出方案。结果没想到居然就被'机场安检智能识别系统'列入了进去。""当然,我们研究中心团队的技术水平和产业化能力优秀等是成绩获得的主要因素,并不是我的功劳。举这个例子的意思是,为了把事情办好,不管是否是自己分管的工作,重庆研究院的所有科技管理者和科技研究人员,都在努力贡献一份力量。"

……

虽然困难重重,但为了营造一个舒心的科学研究环境,袁家虎等人不断想办法提升后勤保障力度。

"还是从出行来说吧。"韦方强介绍，"附近没有公交车，出租车和网约车都嫌远不来，就只能靠我们院里面的通勤车。但科研机构和其余机关企事业不一样，他们是固定的上下班时间，一批通勤车就可以解决所有问题。而科学院搞研究，早出晚归才是常态。但通勤车只能定时定点发车，错过了这个时间点，你就没法走了。"

经过长时间的呼吁，最终有了965这条线路，接轨道交通3号线，算是初步解决了出行问题。

同时，研究院还努力挤出经费，开设健身房等，增加娱乐空间，尽力组织一些文体休闲活动，最大程度营造轻松愉悦的环境。

这样的坚持和努力，是有效果的。

2014年，筹备工作进入第四个年头，研究院终于具备条件接受上级机关的验收。

根据中国科学院与重庆市人民政府、国务院三峡办共建中国科学院重庆绿色智能技术研究院的协议总体要求，由中国科学院院长白春礼、国务院三峡办主任聂卫国、重庆市人民政府市长黄奇帆任主任，中国科学院副院长施尔畏、国务院三峡办副主任陈飞、重庆市人民政府副市长吴刚任（副）主任的验收小组成立，成员包括中国科学院、国务院三峡办、重庆市相关部门负责人共39人。

于是，各种验收程序开启。

2014年4月8日，通过党建与创新文化专项验收。

2014年4月24日，通过队伍建设专项验收。

2014年4月17日，通过公共事务管理专项验收。

2014年5月7日，通过发展规划专项验收。

2014年5月29日，通过基建工程、资产财务、技术平台三个专项验收。

……

在听取专项验收汇报，考察研发实验场地、成果展示、办公和园区建设等进展情况之后，形成了验收意见。

验收小组认为，重庆研究院自2011年筹建以来，面向国家重大战略需求及三峡工程生态环境保护和重庆乃至西部地区经济社会发展的战略需求，立足多学科交叉，明确了发展定位，以绿色化、智能化、产品化为方向，致力在电子信息、先进制造、生态环境等领域开展原始创新研究，开展产业关键技术和前沿技术研究，开展技术集成创新和工程化示范，促进产业化和产品化，努力成为国际知名的集产、学、研、用为一体的多学科交叉综合性国立科研机构。制定了"一三五"规划，明确未来5~10年着力取得"绿色三峡"和"3D打印技术"两个重大突破成果，重点培育"石墨烯材料与应用""大规模自适应智能视觉分析系统""自动推理中的计算理论及应用技术"和"神经肌—械耦合系统理论与应用"四个方向。逐步形成了一支规模与结构符合重庆研究院学科特点和发展需求的人才队伍，围绕战略目标开展研发，推动科技成果转移转化与交叉学科研究，并在实践中培养有创新创业能力的优秀人才，探索体制机制的改革创新。三年来，重庆研究院边建设、边科研，科研创新工作进展显著，取得了石墨烯材料规模化制备、动态人脸识别、工业机器人、垃圾渗滤液治理示范等一批重要成果。

验收委员会认为，重庆研究院高质量完成了筹建任务，初步形成了特色和核心竞争力，为地方创新能力的提升作出了积极贡献，达到了中国科学院序列研究机构的要求和水平，一致同意重庆研究院通过验收。

验收委员会希望，重庆研究院要紧紧围绕绿色智能发展，密切关注相关领域科技发展的新趋势，紧密结合三峡工程生态环境保护和重庆乃至西部区域经济社会发展的重大需求，不断提升核心竞争力，大力推进协同创新，积极抢占科技发展制高点。要继续加强高端人才的引进和培养，进一步优化队伍结构，进一步创新科技成果转移转化的体制机制，更好地服务国家战略，服务三峡工程建设和重庆创新发展，不断做出基础性、战略性、前瞻性的重大创新贡献。

短短六七百字的验收意见，却是背后长达四年，数百人的共同努力。

验收只是一个程序，这个程序的结果，也标志着重庆研究院从此将以一个全新的姿态大步向前。

验收大会上，中科院院长白春礼对于验收之后的发展提出了希望。

白春礼说，设立重庆绿色智能技术研究院，是中国科学院贯彻落实"率先行动"计划，面向国家重大需求、面向国民经济主战场的顶层设计，也是深化科研体制机制改革、创新科研活动组织模式、调整优化科研布局、明确院属研究机构定位和扩大科技开放合作的有力实践。同时，重庆研究院也是中国科学院与国务院三峡办和重庆市委、市政府开展科技合作的重要成果，是落实国家深入实施西部大开发战略、落实国家三峡后续工作规划的重要举措。希望重庆研究院不断加强科学前瞻，勇攀科学高峰；聚焦产业需求，增强服务能力；聚焦生态需求，强化科技支撑；聚焦队伍建设，加强人才培养，在电子信息、先进制造和环境工程等领域，形成具有区域特色的创新驱动发展模式，同时要围绕三峡库区生态环境安全加强科研工作，为三峡工程的建设和验收做好科技支撑服务。

国务院三峡办主任聂卫国作了讲话。

聂卫国说，重庆研究院通过验收，标志着研究院建设工作已经顺利完成，进入正常运行发展新阶段。希望重庆研究院认真贯彻落实党的十八大创新驱动发展战略，不断增强创新能力，充分利用地处重庆的区位优势，三方共建的资源优势，进一步聚焦重点、突出特色，提升核心竞争力，发挥国家科研机构的骨干作用，大力推进协作创新，努力把重庆研究院建设成为高层次科技创新人才培养基地和西部地区科技交流合作的重要开放式平台，积极参与区域经济社会发展、生态环境保护等相关工作，为促进三峡后续工作规划目标的顺利实现、推动长江经济带的发展、助力重庆乃至整个西部地区经济社会又好又快发展作出贡献。

同样，重庆市人民市长黄奇帆也作了重要讲话。

黄奇帆说，重庆研究院顺利通过验收，这是中国科学院、国务院三峡办、重庆市政府三方合作结出的硕果，也是我们贯彻国家创新驱动发展战略、促进经济发展方式转变的重要举措。重庆研究院的组建有四层意义：一是填补了我市中科院序列研究机构的空白，有利于重庆吸引更多国内外的创新资源，进一步提升科技实力和创新能力；二是立足全球产业结构调整大方向设置科研重点，能有效带动重庆经济的转型升级；三是研究院选址水土高新园，为两江新区这一国家级新区开发开放提供了一个非常重要的功能要件；四是生态环境领域的技术创新，对三峡后续工作规划的落实形成支撑，有力促进了库区经济社会可持续发展。希望重庆研究院认真贯彻国家创新驱动战略，争当重庆科技创新的"领头雁"、科技与产业融合的"催化池"、聚集高端创新人才的"大本营"，努力培育更多创新成果。

7

—

2016年，中共中央总书记、国家主席习近平视察重庆时强调，重庆是西部大开发的重要战略支点，处在"一带一路"和长江经济带的联结点上，要求重庆建设内陆开放高地，成为山清水秀美丽之地。

为把习近平总书记对于重庆的殷殷嘱托全面落实在重庆大地上，中国科学院重庆绿色智能研究院站在新的历史阶段，立足重庆乃至中国西部的发展需要，提出了建设中国科学院大学重庆学院的计划。

"思考建中国科学院大学重庆学院，还基于两点考虑。一是从重庆发展的需要出发，重庆在当时的几年里不断引进了一些高校科研机构来渝办分支机构，如果中国科学院大学能进入，对于强化重庆的创新力量能起到十分重要的作用；二是从重庆研究院自身的发展需要出发，要发展，做大做强，现有的研究院无论是编制数量，还是整个体量，都十分有限。"袁家虎介绍，"我们看到中国科学院大学在全国建一些学院，实际上就是各个地方的分校，于是就想着，也应该去推动。所以呢，我们就通过各个渠道给重庆市汇报、呼吁，希望他们去找科学院，找中国科学院大学。"

于是，各项工作在有序推进。

2017年4月，重庆研究院开始谋划国科大重庆学院的建设，领导班子亲自撰写建设方案，会同重庆市科委赴中国科学院大学，多次商谈重庆学院建设事宜。8月，国科大领导应邀来渝，商讨共建事宜。11—12月，由重庆市政府牵头，市科委、市教委、市发改委、两江新区等参与，共同推动国科大重庆学院的建设工作。

"这个过程中，已经在市政协任职的吴刚副主席，多次通过民盟渠道给当时的民盟中央主席、中国科学院副院长、中国科学院大学校长丁仲礼进行汇报，得到了他的支持。"袁家虎介绍，"同时，唐良智市长也通过多个渠道和白春礼院长进行沟通，同样取得了支持。"

这样的背景下，推动工作就更加顺利了。

2018年2月8日，中国科学院副院长、中国科学院大学校长丁仲礼来渝，调研国科大重庆学院选址及共建事宜。

3月，《中国科学院、重庆市人民政府共建新型科教创产融合发展联合体战略合作协议》文本经重庆市政府审议通过。

3月9日，《中国科学院大学重庆学院建设方案》通过中国科学院秘书长会议审议。

第二天，也就是2018年3月10日，习近平总书记在参加全国两会重庆代表团审议时，要求重庆在加快建设"两地"的基础上，努力推动高质量发展、创造高品质生活。

立足"两点"，建设"两地"，实现"两高"，定位很准、站位很高，是方向要求、发展要求与目标要求的辩证统一，体现了习近平总书记对重庆工作的系统性要求、精准性指导和针对性谋划，是把总书记的殷殷嘱托和党的十九大精神全面落实在重庆大地上的"定盘星""总依据""大蓝图"。

3月23日，中国科学院大学重庆学院建设方案通过中国科学院院长办公会审议。

4月4日，中国科学院与重庆市人民政府在重庆签署《共建新型科教创产融合发展联合体战略合作协议》，双方携手共建中国科学院大学重庆学院。重庆学院将紧密围绕习近平总书记对重庆"两点""两地""两高"发展定位要求，紧扣中国科学院"三个面向、四个率先"办院方针，遵循中国科学院大学"科教融合、育人为本、协同创新、服务国家"办学理念，立足重庆、服务西部、辐射全国、面向世界，形成科学研究、人才培养、服务社会"三位一体"的办学模式。

全国人大常委会副委员长、民盟中央主席、中国科学院副院长、中国科学院大学校长丁仲礼，重庆市委副书记、市长唐良智出席活动。

4月8日，中国科学院大学重庆学院（简称"重庆学院"）建设筹建规划会召开，就建设筹建工作规划进行了讨论并形成初步方案。

4月12日，重庆市政府办公厅组织市教委、市财政局、两江新区管委会、市人社局、市科委、市编办等在重庆研究院召开中国科学院大学重庆学院合作办学推进会。

5月4日，《中国科学院重庆绿色智能技术研究院关于成立中国科学院大学重庆学院建设领导小组的通知》下发，重庆学院建设领导小组和工作组正式成立。

5月11日，教育部通过重庆大学下达22个工程博士招生指标，开始启动招生工作。

5月18日，重庆市人民政府办公厅下发《重庆市人民政府办公厅关于成立中国科学院大学重庆学院筹建工作领导小组的通知》。

10月9日，国科大下达成立重庆学院的正式文件。

10月18日，重庆学院申报的光学工程、材料科学与工程、计算机科学与技术、环境科学与工程4个一级学科全部通过专家评审；10月25日，市教委正式下达通知，将重庆学院4个学科纳入重庆市重点学科专项。

10月25日，重庆学院正式下文成立重庆临床医学院。

10月，国科大重庆学院人工智能学院学科规划通过专家论证会。

11月10日，在2018重庆国际人才创新创业洽谈会开幕式上，重庆市常务副市长吴存荣，副市长屈谦，国科大副校长徐涛院士、重庆研究院院长袁家虎共同为中国科学院大学重庆学院揭牌。

11月18日，国科大重庆学院首个临床医学院在渝揭牌成立，中国科学院院士赵继宗担任临床医学院院长，重庆人民医院院长杨庆军任执行院长，吴亮其任常务副院长，陈晨任副院长。

11月23日，中国科学院大学与重庆市南岸区人民政府共建中国科学院大学重庆学院附属科技中学签约暨揭牌仪式在重庆市第十一中学校隆重举行。

一切都在顺利推进之中。

2019年6月5日，中国科学院大学重庆学院校区建设项目开工活动在两江新区水土高新园举行。

中共中央政治局委员、重庆市委书记陈敏尔，重庆市委副书记、市长唐良智与来渝出席开工活动的中国科学院院长、党组书记白春礼一行举行座谈。

据《重庆日报》报道，陈敏尔、唐良智代表重庆市委、市政府对白春礼来渝表示欢迎，感谢中科院长期以来对重庆发展的大力支持。陈敏尔说，今年4月，习近平总书记亲临重庆视察指导，要求重庆更加注重从全局谋划一域、以一域服务全局，努力发挥"三个作用"。我们全面贯彻总书记对重庆的重要指示要求，充分发挥区位、生态、产业、体制优势，注重推动高质量发展、注重抓好大开放、注重抓好大保护，努力在推进西部大开发形成新格局中展现新作为、实现新突破。高度重视强化科技创新的战略支撑作用，深入推动大数据智能化发展，推进智能制造和智慧城市建设，努力打造国家（西部）科技创新中心。着力实施更加积极、更加开放的人才政策，为优秀人才搭建事业平台、提供优质服务，营造近者悦、远者来的良好环境。中国科学院是国家科学技术界最高学术机构，是科技大师荟萃之地，希望大力支持重庆建设国家（西部）科技创新中心，帮助引进更多优秀人才和高水平创新团队，为重庆发展提供科技和人才支撑。

白春礼感谢重庆对中科院工作的高度重视和关心支持。他说，重庆市委、市政府坚决贯彻习近平总书记重要指示要求和党中央决策部署，推动科技创新有力度、有成效，经济社会发展取得的成绩令人振奋。中科院将充分发挥科教融合等优势，全力以赴办好中科院重庆绿色智能技术研究院、中国科学院大学重庆学院，聚焦重庆发展需求，努力为重庆科技创新、产业发展贡献智慧和力量。

这次开工活动中，国科大重庆学院正式对外宣布：建设中国科学院大学重庆学院，是中国科学院全面深化与重庆市科技合作的重要举措。重庆学院将依托中科院重庆绿色智能技术研究院，围绕重庆实施科教兴市和人才强市行动计划，聚焦人工智能、智能制造、电子信息、新材料、生命医学、生态环保等领域，努力建设成为一所多学科交叉融合、具有国际视野和国际影响力的新型大学。学院将致力于在基础科学研究领域取得一批重要创新成果，形成若干有国际重要影响力的高端人才团队，建成在国际上有一定影响、特色鲜明的优势学科，推动科教创产融合发展。

时间，如长江之水，不断流淌着。

恍惚之间，重庆研究院就迎来了十岁生日。

十年，只是一个岁月符号，一个时间单位。

对于漫长的历史而言，十年，只是弹指一挥间；对于浩瀚的宇宙而言，十年只是沧海一粟。

十年里，中国科学院重庆绿色智能技术研究院不断走向未知，探索未知。

十年里，中国科学院重庆绿色智能技术研究院不断迎接挑战，迎接希望。

在第一个十年即将结束的时候，有人离开，有人又在到来。

袁家虎始终坚守在这里，带领他的团队，为下一阶段的发展开始谋篇布局。

所以，这里，需要简单地展望一下未来了。

在进入新的发展阶段，重庆研究院就组织团队，针对重庆研究院的"十四五发展"进行系统规划。

"规划"首先对水库生态环境、先进制造（碳基芯片、空间增材制造）、信息技术与人工智能、太阳能电池、生物医药健康的发展环境进行了分析。

"规划"认为：重庆研究院应面向世界科技前沿、面向国家重大战略需求、面向重庆市和三峡库区国民经济主战场，主要围绕资源生态环境、智能制造、能源、信息、生命健康等领域，坚持有所为有所不为，不断凝练学科方向，优化学科布局，注重特色学科发展，全面提升重庆研究院的影响力和竞争力。

科学研究，就是在不断探索新知。

中国科学院重庆绿色智能技术研究院，面向未知，始终在路上。

梧桐花开凤凰来

未知，总是充满着惊喜，生活的魅力和感动，皆来源于此。

所以，最幸福的时刻永远是未知的下一秒。

……

3

ten years
zero to one

CIGIT，CAS

1
—

未知，总是充满着惊喜，生活的魅力和感动，皆来源于此。

所以，最幸福的时刻永远是未知的下一秒。

在美国中部的高速公路上，一位"80后"的中国小伙独自驾车飞驰。

车窗外是典型的美国中西部风情，环密歇根而行，美景一览无遗。宽阔的密西根湖像海洋一般，闪闪发光的海滩、连绵不绝的樱桃果园、白昼时深蓝色的天际线、黑夜里散布在天空的繁星……

一切静谧而美好。

但这样的美景，并没有让小伙有片刻停留。相反，他是加足了马力，心无旁骛地快速向前驶去。毕竟，从他就读的密歇根大学安娜堡分校到目的地芝加哥，有400多公里路程，驾车需要将近5个小时的时间，而他此行要见的人又非常重要，不想为了窗外的风景耽误自己的行程。

汽车继续飞驰。为了缓解长久驾驶带来的疲劳，小伙随手点开车载音乐，是一首洛阳民歌，欢快的音乐搭载飞驰的汽车向前奔去，小伙一下子竟感觉这汽车仿佛是行驶在洛阳到伊川县的大道上……

河南省洛阳市伊川县白元村，就是这个名叫史浩飞的小伙的家乡。白元村又名寨子街，因秦将白起曾驻军于此而得名。当地曾发掘出土土门、白元两处仰韶文化遗址，被誉为"伊川粮仓、文化之乡"。在伊川县，还拥有著名的净土寺，是著名佛学大师玄奘首次剃度出家的地方，唐太宗李世民在其所撰写的《大唐三藏圣教序》中，对玄奘法师在净土寺精研佛学的情景有过精彩的描述。

成长在拥有厚重历史的土地上，本以为会爱上历史人文，但高中时期的史浩飞，恰恰是数理化成绩突出，文科反而稍显薄弱。

因为理科成绩更好，加之读过一些科学家传记，史浩飞开始对科研产生兴趣。正好当时在《科学日报》上，又有一篇文章预测未来的21世纪是光电子通信的世纪，这让史浩飞更觉得光电子肯定特别厉害，特别有意思。

这篇文章，更加坚定了史浩飞对未来的规划。高考一结束，他就毫不犹豫地报考了电子科技大学，成绩优异的他被顺利录取。

电子科技大学坐落于四川省会成都市，简称"电子科大"，位列"世界一流大学和一流学科""985工程""211工程"，建校之初，就定位为中国培养无线电工业干部（人才）的主要基地，重点为中国无线电工业部门培养专业技术人才。

电子科大的定位，正好承载了史浩飞高中时期就埋下的梦想。因此，来到这里的史浩飞如鱼得水，学习成绩在高手如云的班级里，依然名列前茅。

大三时，学校组织同学们到同样位于成都的中国科学院光电技术研究所参观。光电所是中国科学院在西南地区最大的研究所，1999年就进入中国科学院知识创新工程试点。在这里，史浩飞看到了世界光电科技领域最前沿的研究理论和研究成果，以及中国一流的科研团队，向往之情油然而生，心里暗暗下定决心：自己也要在科研领域有所作为。

2004年，史浩飞本科毕业。他没有找工作，而是直接考取了中国科学院光电计算研究所的硕博连读。值得一提的是，硕士研究生期间，史浩飞还收获了自己的爱情，和高中时候的同学，当时同在中科院读研的妻子走进了婚姻的殿堂。

要学就要学精学透，就要接触了解世界范围内同行的研究情况。因此，读完博士，史浩飞又选择到美国密歇根大学安娜堡电子工程与计算机学院，做微纳加工技术方面的博士后。

汽车内的音乐已经变换成快节奏的流行歌曲，窗外的行道树飞速地消失在身后。史浩飞的心情是愉悦而激动的，马上要见到的人，不仅来自于日思夜想的祖国，更是他硕博期间的母校领导袁家虎。当年，史浩飞还现场聆听过袁家虎的报告，对这位院长有所了解。所以，当袁家虎以中国科学院重庆绿色智能技术研究院院长的身份到芝加哥进行人才引进宣讲，并邀请史浩飞去现场帮忙对接人员、张罗场地的时候，史浩飞是欣然答应，马不停蹄地就往芝加哥赶。

此刻听着音乐，飞驰在高速公路上的史浩飞，怎么也不会想到，这条不断向前延伸的柏油公路，正在为他开启新的世界。

在袁家虎下榻的宾馆里，史浩飞和母校的老师，以及从美国其他高校赶过来的留学生碰面了。大家都很兴奋，不仅有他乡遇故知的激动，更是因为一群做科研的人聚到了一起，讨论的都是当前国际上最前沿的研究方向。

袁家虎让一起到来的中国学子们就重庆研究院的科研方向展开讨论，并对其发展规划给予意见建议。留学生们各抒己见，现场氛围高亢而热烈。

最后，话题落在了史浩飞目前的研究领域——石墨烯材料和微纳加工技术。

袁家虎说："你这个研究方向很好，可以回重庆去做。"

史浩飞从不怀疑自己的研究方向，但当时的他，更希望能在做完四年博士后，通过人才引进计划回国。原因很简单，做完博士后起点自然会更高一些。

袁家虎却不这么认为，他说："你现在回去，可以先从副研究员做起，几年之后一样可以做研究员。现在正是重庆研究院初建时期，用人之际，加上你的研究方向，你完全可以自己建团队，做研究。回去晚了，很多机会就失去了。"

史浩飞权衡着袁家虎的话，觉得不无道理，几番对话下来，决定提前回国。

"都没有跟家人商量，那时候在美国，反正也就我一个人，一人吃饱，全家不饿。"十年后回忆起当时的情景，史浩飞仍然态度坚决，"本来也没有拿绿卡在美国定居的想法。骨子里对国家的认同感是很强的，特别是到美国生活后，语言、文化等方方面面的差异，都不符合自己的预期。比方说我们讲个笑话，因为各自不懂对方的语言，翻译之后笑话也就失去了原本的含义，变得不好笑了。这也是因为文化差异带来的，所以我们在那边根本上就没有归属感。"

作出这个决定后，史浩飞开始计划回国的事情。

2011年国庆，史浩飞回了一趟国。先去成都看了爱人和女儿，然后来重庆研究院作了一场报告，紧接着回到美国开始博士后的扫尾工作。

与此同时，史浩飞开始着手重庆团队搭建的准备工作。

那时候通讯方式不多，史浩飞能用的只有QQ或是邮件。以至于和很多应聘者聊了好几轮，却连面也没见过。又因为招录的人才来自世界各地，为了配合不同应聘者的时差，史浩飞的QQ更是24小时在线。

那时候的史浩飞不仅成了名副其实的"网虫"，还实现了10年以后才被广泛运用的"云招聘""线上面试"。

就读于中国科学技术大学的博士生李占成，也就是这个时候通过QQ和史浩飞熟悉，进而开启了长达十年的合作之路，并成为其助手。

"当时别人都觉得这种招聘方式不靠谱，但在我们看来，这确实解决了空间距离的问题，还算轻松。"史浩飞后来回忆。

转眼到了2011年底，史浩飞提前结束美国的博士后生活，来到山城重庆，带领着四五个小伙伴，在简陋的实验室里，开启了他们的科学探寻之路。

研究方向，是当时连科学界都少有人知晓的——石墨烯材料。

石墨烯(Graphene)是一种由碳原子以sp^2杂化轨道组成六角形呈蜂巢晶格的二维碳纳米材料。石墨烯具有优异的光学、电学、力学特性，在材料学、微纳加工、能源、生物医学和药物传递等方面具有重要的应用前景，被认为是一种未来革命性的材料。

实际上石墨烯本来就存在于自然界，只是难以剥离出单层结构。石墨烯一层层叠起来就是石墨，厚1毫米的石墨大约包含300万层石墨烯。铅笔在纸上轻轻划过，留下的痕迹就可能是几层甚至仅仅一层石墨烯。2004年，英国曼彻斯特大学的两位科学家安德烈·盖姆(Andre Geim)和康斯坦丁·诺沃肖洛夫(Konstantin Novoselov)发现他们能用一种非常简单的方法得到越来越薄的石墨薄片。他们从高定向热解石墨中剥离出石墨薄片，然后将薄片的两面粘在一种特殊的胶带上，撕开胶带，就能把石墨片一分为二。不断地这样操作，薄片越来越薄，最后，他们得到了仅由一层碳原子构成的薄片，这就是石墨烯。这以后，制备石墨烯的新方法层出不穷。安德烈·盖姆和康斯坦丁·诺沃肖洛夫在单层和双层石墨烯体系中分别发现了整数量子霍尔效应及常温条件下的量子霍尔效应，他们也因此获得2010年度诺贝尔物理学奖。

2011年，史浩飞带着自己的团队开始在重庆研究院进行石墨烯的研究。

袁家虎从一开始，对重庆研究院的布局，就寄予了向世界一流学科看齐的期盼。

史浩飞团队的研究方向，直接指向了石墨烯材料的应用。

要把石墨烯推向应用，制备出大面积石墨烯是基础和起点。

考虑到未来与大部分电子终端匹配的需要，史浩飞决定把第一个目标定为15英寸石墨烯薄膜。

"大家都吓了一跳，认为不现实，因为当时国内一些一流实验室也只能做到厘米级。"史浩飞说，大面积制备存在两大难点：一是石墨烯生长的均匀性很难有效控制；二是面积增大后单原子层高效转移的挑战，把十英寸的石墨烯转移到另一个衬底上，相当于要把一层足球场大小的保鲜膜，平整地从一个足球场转移到另外一个足球场，难度之大超出想象。

科学研究，就是在各种不可能中去寻求一丁点儿的可能。

一群"80后"的科技工作者们，迎难而上。

"创新不就是挑战不可能吗？大家相互打气，很快达成了共识。"史浩飞说。

没有先例可循，没有经验可学，失败成了家常便饭。

"在一个特定的生长区内制备大尺寸石墨烯薄膜，则需要在优先区域内尽可能多地装载石墨烯生长基底——铜箔。然而，高温下25微米厚生长石墨烯的铜箔经常与炉壁粘连，无法获得大面积平整铜箔，即使勉强取出来也不能用了。"李占成说，为解决这一个问题，整整花去两个多月时间，耗掉了一大批铜材。石墨烯转移同样困难重重。"先后尝试了10多种方法，试验了20多种材料，最后找到一类特种高分子材料才勉强解决。"

"当时真有'白手起家'的味道。"李占成回忆。研究院那时刚刚组建，临时落脚在重庆近郊一处租赁厂房里，石墨烯团队分到一间不足100平方米的空房。"一切从零开始。仪器设备、试验材料、各种用具全靠大家自己跑腿置办；十几号人搞研讨、做实验、吃饭，甚至睡觉都在里面。条件还不如大学实验室，但大伙儿干劲十足。"

经过半年多艰苦摸索，2012年底，一片完整的大尺寸石墨烯薄膜终于生成了。

"大家高兴坏了，说终于成功了。"史浩飞回忆起当时的情景，但当他拿着材料兴冲冲给院长袁家虎"报喜"时，却被"泼来一盆冷水"。

"原子层面的东西看不见摸不着，好比'皇帝的新衣'，你说是我可以说不是，即便某一个点位测试结果很好，也不能说明整片薄膜都好，能不能让人通过应用真切感受到它？"袁家虎提出了新的问题。

兴奋不已的科研团队本以为可在院长面前得到表扬，不想表扬没得到，反而是提出新的问题，这难免让人有些失望。

但科技工作者"较真"的秉性一起来，也是收不住的。

团队的情绪很快冷静了下来，又经过近一个月的紧张工作，终于成功将整片石墨烯转移到了PET基底上，同时，还研制出一块石墨烯柔性触摸屏。

2013年1月，中科院重庆研究院正式对外宣布：国内首片大面积——15英寸单层石墨烯薄膜诞生。

当时的新华社做了题为《国内首片 15 英寸单层石墨烯在渝问世》的报道，报道全文如下：

日前，中科院重庆绿色智能技术研究院（简称"中科院重庆研究院"）正式公开宣布，该院已经成功制备出国内首片 15 英寸的单层石墨烯。石墨烯是由碳原子组成的单原子层平面薄膜，可以作为制备新型触摸屏的核心部分透明电极的材料。

据中科院重庆研究院微纳制造与系统集成研究中心副主任史浩飞介绍，石墨烯只有 0.34 纳米厚。粗略估计，一根头发丝的直径大概等于十万层石墨烯叠加起来的厚度，所以用肉眼是看不见石墨烯的。石墨烯自身只吸收约 2.3% 的光，能够做到几乎完全透光，让触摸屏亮度更好，同时，还能保证很高的电导率，这对于过去那些触摸屏材料来说，是难以同时解决的。

而且，石墨烯具备很好的柔性，它在一定程度上可以弯曲折叠，不会对屏幕造成损害。目前，中科院重庆研究院正在与一些风投机构商谈，力争让石墨烯产品早日实现量产。史浩飞表示，石墨烯的应用将给我们的手机、平板电脑带来较大的变化，如果手机、平板电脑上的其他部件和材料也得到相应改进，也许未来 5—10 年，手机、电脑的显示屏就可以真正实现可折叠。

消息一经发布，迅速吸引了国内外科技界的目光。

史浩飞团队在实验室跨出的一小步，迈出了攻克石墨烯规模化制备关键技术的一大步。

在制备出国内首片 15 英寸单层石墨烯的同时，史浩飞团队还制备出国内唯一的 7 英寸石墨烯触摸屏，与当时市场上主导的透明导电膜 ITO 相比，其透光率更高、功耗更低、性能更稳定，整体也更薄更轻，可折叠。

初冬时节，重庆主城的天气还有一些暖意。

但史浩飞的团队却面临着重要的决策。

大尺寸石墨烯薄膜研制成功后，后续应用开发需投入大量资金，仅靠研究院很难支撑，但如果把技术成果一卖了之，应用开发就会失去基础土壤。

只有把科研成果和产业化结合，既让研究结果去促进和服务产业发展，又让产业发展产生的经济效益反哺科学研究，去推动科研的升级发展。

于是，袁家虎决定，引进资本，力争产业化。

可真正引进的过程却并不容易，重庆本地的几家风投机构，都因决策机制等问题，虽经多次接触，但最后都没能达成最终协议。

2013年1月，新的转机也随着农历春节的脚步一起来临。

重庆市科委传来信息，上海有一家团队希望能就石墨烯规模化生产与重庆研究院进行接触谈判。

"马上就要春节假期，外地的同事都回家了，我也准备回成都过节。科委说有人要和我们谈石墨烯的合作，我说放假了，要不春节后再谈吧。当时心里想，这种事不可能一下两下就能谈好，反正不着急嘛。合作可以慢慢谈，春节后大家都可以从容一点。可得到的信息是人家已经从香港过来，时间比较急。我想对方专门从香港过来，肯定要尊重人家，于是答应见面。"袁家虎回忆。

就这样赶在春节前，袁家虎接待了上海南江集团执行董事王栋一行。

真坐到了桌子上，袁家虎就如何"谈判"心里是没有数的："他们的意思是，就马上要开办公司。办公司当然我们也不反对，本来就想搞合作，但是怎么去谈？办公司到底要多少钱，你投多少钱，股份怎么算，因为前面没有铺垫，完全不知道怎么深入。一般情况下的谈判，肯定需要来来回回互相沟通好几回，慢慢有了基本方案，往后才好谈。可这几个人才第一次见面，也互相没有任何了解，纯粹就是他们对薄膜石墨烯的成果感兴趣，就立马提出要合作，要投资。"

袁家虎笑笑："合作、投资我们肯定是欢迎的，但是这投资的金额，我不好开口要多少，我也不知道该要多少。"

只能"天马行空"地往下谈。沟通过程中，袁家虎很快捕捉到一个重要信息。

"对方说和我们科学院宁波材料所也合作了一个石墨烯项目。宁波材料所的所长叫崔平，这个人我很了解，是个很能干的所长。我心里想，她谈的条件，应该差不到什么地方去，我就参照她的方式来。"

于是袁家虎提出："你跟她谈的什么条件，就给我什么条件。"

对方十分爽快，提出由南江集团出钱，总共 2 个亿，分为四个 5000 万：第一个 5000 万，是对前期技术的补偿，给研究院；第二个 5000 万，是未来 5 年的研发费，每年 1000 万；第三个 5000 万，是以后成立公司，变成产品后的销售提成，5000 万提完为止；第四个 5000 万，是把知识产权评估量化成 5000 万，进入公司占股份。

袁家虎心里暗自高兴：才成立的重庆研究院，这一下子就拿下了 2 个亿的投资，而且整个谈判过程就一个多小时。

"谈完以后都觉得好像很神奇，这个时候还会有人给我们送这样的过年大礼包。哎呀，大家都觉得是天上掉馅饼。"袁家虎回忆起来，难隐兴奋之情，"其实对方也是很敏感，宁波材料所研究的是石墨烯粉料，我们是薄膜，是可以直接转化为生产，他也怕其他公司抢先来和我们合作。"

南江集团的确具有敏感性，所以谈判过程一点都不愿放松。

春节期间，南江团队与袁家虎团队在网络上多次展开细节讨论。假期结束一上班，双方就签订了协议，而且南江集团第一笔款额就转来了 3800 万。

2013 年春，上海南江集团与中科院重庆研究院达成合作：成立重庆墨希科技有限公司。

该项目投资不仅是重庆研究院成立以来获得的最大一笔社会资本投资，也是重庆市在前后几年来，科研成果单笔技术转让金额最大的签约项目。

"这让大家既兴奋又紧张。兴奋的是后续研发有了资金保障，自己也能分享产业化成果；紧张的是如果干不出成绩来就真没法交代。"史浩飞说。

创新者、创业者、所有者"三者合一"，如同"助燃剂"般点燃了科研团队的激情和干劲。2013 年 5 月，大规模制备生产线启动选址，6 月即采购设备、开工建设。厂房在建，开会场所也没有，一群年轻人就坐在台阶上讨论技术、研究工艺流程。生产线无先例可循，核心设备该是什么样谁也不知道，全靠自己设计。

一帮科研工作者，就这样直接从实验室干到了生产线。

几十号人边做原理验证，边搞中试，边组装调试生产线。很多时候，计划赶不上变化。一台耗费上百万元、委托厂商定制的防毒防爆清洗机运进工厂后，才发现已经跟不上改进后的工艺流程，又只好留待改造。

"那时才真正认识到科研和产业化完全不同。"研发团队骨干姜浩说，实验室研究主要看结果是否成立，不考虑成本和成品率；到了生产线，成品率、稳定性、成本控制直接决定生死。

几次试生产的结果并不理想。

"良率低，稳定性也不好。但没一个人打退堂鼓，歇口气继续干。"姜浩记得，当时把所有生产人员都动员起来找原因、做改进，"整个公司就像一个大实验室，整个生产线成了研发平台。"

经过近百名科研、生产人员起早贪黑，大大小小改进上百次后，一期生产线终于在2013年底投产，并一举成为国内外规模最大的石墨烯薄膜生产线。

"投产那天来了不少领导，鲜花、彩缎、赞誉和鼓励扑面而来，但我们很清醒：从科研到创业的万里长征，才刚刚起步。"姜浩说。

重庆高新区石墨烯产业园迎来一批又一批客人，其中包括中外石墨烯研究领域的多名顶尖专家。一条拥有世界领先技术、年产能100万平方米的石墨烯薄膜生产线，让参观者大开眼界。

随后两年多时间里，团队聚焦高良率、高质量、低成本生产技术持续攻关。石墨烯薄膜生产装备的性能水平不断改善，生产工艺持续优化，制备成本直线下降。

生产线从1.0代升级到2.0代、3.0代……

"通过开发新工艺，石墨烯生长基材和转移材料全部实现国产替代。"姜浩介绍。第一代工艺需用进口铜箔，10米要投300元，新工艺改用国产铜箔，1公斤才100元；过去要用进口转移材料，A4纸大小的一张胶带50元，用自主开发的材料替代后不到1块钱。

经过努力，墨希科技公司每平方米石墨烯薄膜制备成本已从最初近2000元降至200元，产能和良率也有了很大的进步。

史浩飞说："大面积规模化单层石墨烯薄膜制备，我们已经占据了领先地位。"

"石墨烯不是黄金，它只是一种普通的原料，不出产品也不值钱。"

在重庆举行的一场石墨烯应用高峰论坛上，中国工程院院士赵连城的一席话引发与会者强烈共鸣。

置身会场的重庆墨希科技公司总裁，现任云从科技副总裁、四川公司总经理的王仲勋对此更深有感触。

石墨烯薄膜生产线投产前，墨希科技公司投资方曾做出研判，凭借优异的性能指标和独此一家的技术及产能，"做出来就是黄金万两"。然而，随着销售团队在目标市场频频碰壁，大家才意识到陷入了"产用断链"的尴尬境地，满腔激情几乎降至冰点。

"听过介绍、验过样品，厂商都说这个材料性能确实好，但就是没人敢大批量下单。"王仲勋说，石墨烯是一种全新材料，产业界对它并不了解；同时，石墨烯又是一种基础材料，应用需要产业链上下游协同匹配。

科研和市场，是两码事儿。

面对市场的"当头棒喝"，墨希科技公司和科研团队迅速冷静下来，经过周密的市场调研和产业链推演，及时调整前进战略。

"我们不仅要制备出高品质、低成本的石墨烯材料，还要向大家证明石墨烯真能用、真好用。"王仲勋介绍，最终确定"材（料）要成器（件），器（件）成系统，系统成终端"，将战略重点向可深度应用的产品开发延伸，最终撬动石墨烯全面商用。

"应用拓荒"之路由此开启。

他们首先把目光投向柔性触控和石墨烯智能手机。"手机等智能终端，无论当下还是今后，市场都极为广阔，但目前所用材料，在轻量化、显示度、蓄能、散热等方面一直存在诸多痛点，石墨烯正好有用武之地。"史浩飞说，他们把做一款"可卷曲的石墨烯手机"作为下一个大目标，"当时设想，触摸屏由石墨烯薄膜制成，超高透光率，色彩还原真实；电池加入石墨烯材料，寿命提高50%以上；使用石墨烯导热膜，解决手机发烫等问题……最终实现整机可曲卷、可穿戴。"

2015年3月，目标的第一步达成——首批量产石墨烯元素手机发布，这款外观与普通智能机无异的手机，采用石墨烯触摸屏导电薄膜、石墨烯导热膜等一系列石墨烯材料，灵敏度、显示度和续航能力显著提升。

2016年5月，在第十二届重庆高新技术成果交易会上，墨希科技公司正式推出"全球首款石墨烯柔性屏手机"，立即吸引了国内外业界人士目光。这款手机外观类似卷轴或手表，既可以在直板形态下使用，也可以弯曲起来佩戴在手腕上。

一位专家谈到试用感受时说，"从技术验证角度看，样机成果足够令人振奋。"

与此同时，墨希科技还相继推出了石墨烯电子纸、石墨烯电子书等一系列创新产品，并逐步打开了细分领域市场。

"坦率地讲，整个石墨烯应用还处在刚迈出脚、跨进门的初级阶段。"史浩飞说。我国在石墨烯研发、应用上具有独特优势，前途必定光明。"以石墨烯显示开发为例，欧美一些研究机构可能在试验室阶段比我们成熟，但走向产业应用就没中国快了。因为世界电子、智能终端制造大部分在中国。完整、强大的产业体系，能发挥出其他国家难以匹敌的应用牵引力。"

史浩飞介绍，产业界和政府对石墨烯研发应用也越来越关注，国家科技计划和工业创新项目都给予这一新型材料大力支持，走在前列的墨希科技就获得了国家863计划首个石墨烯领域项目支持，并中标工信部"工业转型升级强基工程"。

努力之后的收获许多时候是意想不到的，所以说生活中的惊喜总是层出不穷。

在一次石墨烯国际论坛上，史浩飞见到了英国曼彻斯特大学教授康斯坦丁·诺沃肖洛夫——因发现石墨烯而获得诺奖的物理学家之一。史浩飞给康斯坦丁赠送了一部最新研发的石墨烯手机。"他非常赞赏，并坚持要付款再购买两台。"史浩飞说，"这对我们是极大的鼓舞。石墨烯应用开发浪潮日益高涨，我们希望能追逐潮头，推动产业变革早日到来。"

与此同时，史浩飞也感受到了来自国外同行技术组的压力。"欧盟、韩国在石墨烯领域也积累了很多关键技术。如果说我们前几年在修炼'内功'，那么从现在开始就必须下山'游历'。"史浩飞说，从那时候起，他开始频繁地去国外开展学术交流，比如欧洲、韩国等石墨烯研究和应用先进的国家和地区。

史浩飞发现，各国同行之间的主要竞争还是在基础研究领域，都在比赛谁更先找到石墨烯的"杀手锏"。他作了一个比喻，石墨烯在业界有一个称呼叫做"科技界的板蓝根"，也就是说，它能够与很多材料结合起来应用。然而科学家们更希望能寻找到石墨烯独有的应用领域，也就是其他材料做不到而石墨烯却能做到的事情。一旦找到，又将掀起一场新的技术革命。

这，正是史浩飞的压力来源，也是他对石墨烯兴趣益然的所在，更是他不断努力的方向。

作为中科院重庆研究院石墨烯研究的领头人，史浩飞承担了国家863计划、国家工业强基工程、国家火炬计划、国家自然科学基金等十余项科研项目。但真正让他对未来充满信心的是，整个研究团队的高素质、年轻化，"我们研究团队40多人，全都是'80后'，大部分是博士毕业，一半以上的高级职称。这样的团队，一直坚持下去，就是再做20年，大家也不到60岁，一定能做出有价值的成果。"

如今，已经担任中国科学院重庆绿色智能技术研究院微纳制造与系统集成研究中心主任的史浩飞，正在带领研究人员进行石墨烯材料制备、微纳加工技术、新型光电器件等一批国家和省部级项目的研究。

未来十年会是什么样子，当年那个为帮母校领导张罗会议，驱车5个小时从密歇根到芝加哥的史浩飞不曾去想象，但如今，却在艰难而又辉煌中走过来了；就像十年后又会是什么样子，已经取得诸多傲人成果的史浩飞依然不去想象。

因为从小就怀揣着科研梦想的他，始终保有一颗赤子之心："让石墨烯材料的性能更好，做更多石墨烯材料的应用开发，这是过去做的事情，也是将来一直要做的事情。"

2

在芝加哥的宾馆里，和史浩飞一起去见袁家虎的，还有同为"80后"，且只比他大1岁的周曦。只是当时两人都没想到，虽然属于不同的研究领域，但很快两人都被袁家虎的诚挚与魅力所感染，继而都改变原有的学习计划，提前回到祖国，来到重庆研究院，并在多年后又在各自的领域内大放异彩。

这是后话，现在要详细讲述的，是周曦的故事。

周曦，四川省内江人，出生于1981年，高中就读于内江第六中学。高中时代的周曦，就已经是同龄人中的佼佼者，经常代表学校参加数学、物理等学科竞赛，还斩获过全国等级奖。而他就读的内江第六中学创办于1939年秋，其前身是以留美学生杨重熙为首的美以美教会和内江强华学会合作开办的重庆求精中学内江分校，第一任校长就是留美归来的杨重熙。

那时候的周曦不会想到，多年后的自己，会循着老校长的足迹，留学美国。学成之后，同样又带着满腔热情抱负，回到祖国，回到重庆，将所学所得全部奉献给自己热爱的土地。

因此，我们不得不相信，优秀的人总能穿越时空而相遇，然后完成一次次精神上的交流。

1999年，周曦以优异的成绩考入被誉为"科学家摇篮"国内一流大学——中国科学技术大学，就读于电子科学与技术专业。

当时，和周曦一同进入大学校园的，还有风靡全球的"帝国时代""红色警戒""星际争霸"等游戏。"学霸"周曦迷恋上了"星际争霸"。

不过，周曦迷恋的不仅仅是游戏本身。

在"星际争霸"这款游戏中，电脑AI懂得兵种相克，能找到玩家防守最薄弱处并开展突袭，这让周曦对电脑AI的"操作"产生了浓厚的兴趣。

AI是什么？AI如何思考？带着这些问题，周曦开始从大学图书馆找寻答案。通过查阅书籍，他了解到，中国的人工智能尚在襁褓时期，相关研究与产业都比较落后。这让周曦心中萌发了一个大胆的想法：要在空白的中国人工智能界闯出一片自己的天地。

于是，他选择做语音识别，并且在这条路上屡有收获。最值得一提的是，大学期间，周曦和其团队一起，凭借声纹识别研究获得NIST评测世界冠军。

然而，命运总是会在不经意间帮你做出选择。就像周曦，本以为会在既定的路线上持续前行，但一篇偶然读到的文章却改变了他的研究方向。

文章中介绍到，国外有游泳池里装了摄像头，能自动识别出游泳者是否溺水。

图像视频识别能救人性命！给周曦留下了深刻印象。

"医学上应用图像处理，可以识别早期癌症等疾病。但为什么体检时很多疾病没有检查出来？不是没拍到，而是需要非常专业和资深的医生才能看出来。通过图像识别和大数据，把有嫌疑的部分都找到后，再请专业人士确认，这样不就可以挽救更多人的生命吗？类推到工业领域，生产线上的东西有没有瑕疵，产品有没有裂缝，表面平不平，这些是不是都可以通过图像视频识别看出来？"

"视频图像识别是个广阔的领域，可以解决很多实际问题。语音没有前途。按照摩尔定理，语音识别每18个月错误率能够减半，但我感觉离实用还是很难。而图像识别的视频和图像是个大得多的领域，可以解决的问题要多得多。"

"从信息分析来看，语音是一维信号，图像是二维信号，视频是三维信号，从信息上看图像比语音丰富。从任务来看，Audio（声音）本身是有很多任务的，但Speech（语音）和Audio是两回事儿。Speech是人的声音，背景音等很多声音对我们意义不大。我们想要研究的就是Speech，这造成了所有做语音这一行，能做的任务就是能把说话的内容识别准。"

"而图像和视频是完全不同的，人脸识别大概对应着语音识别。把图像中的人找到，再识别他是谁，他的情绪、年龄、性别。这只是浩瀚的图像识别和视频识别中的一小部分，对于研究来说有用的不止这一点。"

周曦用一连串问题拷问自己，同时暗下决心，要让自己的研究变得有意义。此时的他，预判到视频图像识别可能在未来将有大好前景。

"所以，那时候，我是'做了错误的判断，但却是正确的决定'——到美国去做图像视频。"周曦后来回忆说。

正是这个决定，让硕士研究生一毕业（2006年）的周曦转身又进入了美国伊利诺伊大学攻读博士学位，师从被誉为"计算机视觉之父"的Thomas S. Huang（黄煦涛）教授，重新开启了一段新征程。这里特别需要强调的是，当年，黄煦涛教授在全球只招收了三个学生。

详细介绍一下伊利诺伊大学和黄煦涛（Thomas S.Huang）教授。

伊利诺伊大学（University of Illinois），简称UI或U of I，创建于1867年，属于美国伊利诺伊州的一个大学系统，也是美国最具影响力的公立大学系统之一，在全世界享有盛誉。伊利诺伊大学厄巴纳——香槟分校（UIUC）是美国顶尖的综合研究型大学，是美国十大联盟创始成员和美国大学协会成员，被誉为"公立常春藤"，在此学习和工作过的校友中有28位获得诺贝尔奖，伊利诺伊大学还是对中国最友好的美国大学之一。

黄煦涛教授，"美国工程院""中国工程院""中国科学院""台湾中研院"四院院士，被誉为"计算机视觉之父"。黄煦涛教授1936年出生于动乱的上海，1963年美国麻省理工学院博士毕业之后留校任教，先后担任助理教授、副教授，是继傅京孙之后，在计算机视觉、模式识别、多媒体等领域最资深的华人科学家。他和傅京孙被学术界认为是我国计算机视觉历史上，起到最为关键作用的两位重要人物。

黄教授一直关注中国科学技术的发展，20世纪80年代初在黄煦涛实验室进修或学习的国内学者有华北计算所的方家骐、浙江大学的顾伟康等。他们在黄煦涛实验室的所见所学，为中国早期计算机视觉的研究者们打开了一扇窗口。此外，"黄门"产生影响的学生还有密歇根州立大学的翁巨扬和美国西北大学的吴郒。进入产业界的有包括德克萨斯大学圣安东尼奥分校计算机系教授、华为诺亚方舟计算机视觉首席科学家田奇，联想集团CTO芮勇，文远知行CEO韩旭，原360集团首席科学家、人工智能研究院院长、依图科技首席技术官颜水成……

能进入世界级顶尖机构，师从世界级领军人物，与周曦的不达目的不罢休的个性是分不开的。

讲个故事，就能看出他的这种个性。

读研究生时，周曦非常希望去微软亚洲研究院语音识别组实习。可是没人引荐，无法获得实习机会。怎么办？周曦突然想到电影《肖申克的救赎》，主人公安迪通过写信最后建起了监狱图书馆。周曦照着电影里的桥段，尝试给微软亚洲研究院发邮件，从最初每周一封到后来每周两封，写了近三个月，居然真的拿到了实习通知。

"后来才知道，我申请实习的那个组，中途发生了人事变动，处于无专业组长的状态，新来的负责人无意中看到信，才有了后来的机会。"这次经历让周曦深深体会到，"我们永远不知道未来会发生什么，和搞研究一样，我能做的只有努力，不达目的不罢休。"

这种个性与劲头，始终贯穿在周曦的学习和工作中。

刚来美国时，生活环境的变化，研究领域的转向，在当时都是很痛苦的。但这些煎熬，终究还是被战胜了。

"从语音研究转到图像研究，遇到了很多困难，从推导数学公式到最后电脑上的实验，也需要经历一系列复杂的过程。而实验结果基本上都会很坏，因为程序、推导可能写错，假设也可能出错，在这么长的链条上，很多时候我们还根本不知道错在哪里。"尽管科学研究是一个痛苦的过程，周曦却从中看到了做原创技术研究的乐趣："这才是原创性的理论，也才能在科研上作点贡献。而之前我们采用的办法是在走捷径，因为风险都被前人承担了。"

那时，周曦喜欢去旁听信息论的课程，一边听一边想，突然得到启发，就会在纸上反复推演，沉浸在未知的探索中，回过神来，教室里就只剩下他一个人。国内的语音识别学习经验，也让周曦在方法论，包括原创技术研究这件事上远远地领先了一些人。当时图像识别领域尚处于发展阶段，大多都是在一个电脑或者服务器上运行任务。而语音识别领域已经在开始应用Cluster服务器阵列分布式提交任务。

有了之前做语音的实践经验，周曦很快在UIUC搭建了Cluster服务器阵列，通过语音识别领域的算法跟思想与图像识别领域碰撞以及交叉实践，成果显著。

此后的几年，周曦跟团队一起，又先后战胜麻省理工学院、东京大学、国际商业机器公司、索尼等著名研究机构，在计算机视觉识别、图像识别、音频检测等国际挑战赛中7次夺冠，并发表了数十篇论文，被引用上千次。

个人不懈的奋斗与努力，现在又有顶级学校和顶级导师的加持，毫无疑问，周曦在美国所接触和学习到的，都是领域内世界最前沿的理论基础和实验环境。这为周曦一生的发展，奠定了坚实的基础。

在美国的6年，周曦的人生都处于高光时刻，未来前景一片光明。寻常逻辑，此时的周曦可以选择的不止一个：可留在这所世界一流学校任教；可进入Google、IBM、微软这类全球头部公司任职。

但面对人生最关键的抉择，那些出类拔萃的人，往往会做出最让人不可思议的选择。

为了给重庆研究院引来顶尖人才，袁家虎化身为超级演说家，绘声绘色地向周曦、史浩飞等人描述着重庆研究院的美好未来。

袁家虎激情澎湃，让人无法抗拒。

因此，在袁家虎"三顾伊利诺伊大学"后，周曦与生俱来的赤子之心被点燃，做出了人生中最重要的决定：回到祖国去——让自己的研究在祖国普及起来，运用于现实生活并造福于人，这是一件非常有价值、有意义的事情。

2011年底，也就是留美5年之后，周曦毅然放弃了在美国已经建立起来的优渥生活和事业，以中国科学院"百人计划"专家的身份只身归国。

"国内需要这些高新技术。"回国后的周曦，当初选择图像视频识别研究的初衷并没有改变。他联合国际顶级科研机构创办了中国科学院重庆研究院智能多媒体中心，从事人工智能领域的研究。又与大学好友李继伟、温浩一同在中科院重庆研究院组建了当时中科院最大的人脸识别研究团队。

这里顺便补充讲述一段因周曦回国而促成的美好"姻缘"故事。

在袁家虎的力邀下，周曦回到重庆，继续做计算机视觉的研究，黄煦涛教授也因此与中国科学院重庆绿色智能技术研究院产生了深厚的情谊，不仅多次到重庆研究院讲学，还受聘担任了"中国科学院重庆绿色智能技术研究院战略咨询委员会主任"。

"做人工智能，的确在中国是有很多优势。美国人太强调隐私，当然，国内也是通过合法渠道进行采样分析，但志愿者更多，所以相比之下更能产生重大的研究成果。"袁家虎回忆，"所以，黄教授和我们的交往，有他对周曦的情感因素，但更多的是因为我们自身在科研中的努力，以及所取得的成绩，让他从开始的不相信，到后来的惊讶佩服，直至最后的欢喜尊重。"

其实这种情况，在袁家虎到美国、欧洲等高校进行宣讲招聘的过程中都遇见过："包括到哈佛、斯坦福这些全世界一流的大学进行宣讲，人家同样对你很尊重，但这种尊重必须是基于事情做起来了，而且是在我们自己的实验室里做出来的。"

当然，这些都是后面的故事，笔者在这里讲述出来，也想说明一点：正向的教育关系是师生间的相互影响与促进。而周曦和导师黄煦涛教授之间，就是这种关系的有力例证。

我们继续说回刚回重庆的周曦。

和美国的生活环境与实验环境相比，基础建设才刚刚开始的重庆研究院条件不可谓不艰苦。而新成立的智能多媒体中心又严重缺乏专业人才，一边搞研究，一边建团队的周曦，始终铆着不达目的不罢休的劲头，仅用半年的时间，就在全国招揽了20多位专业人才。但就是这样一支成立不久且成员年轻的团队，本着对科学的热爱和执着，成为中国科学院战略性先导科技专项中唯一的人脸识别团队，开启了在重庆的未知之路。

团队很快便取得了成果。

2012年，围绕重庆建设发展的重大技术需求，周曦团队重点开展分层高斯化稀疏编码图像信息表达体系、海量视频图像深层信息挖掘技术、信息栅格化理论、异质信源拓扑结构对多模态信号的建模方法等关键技术的研究，在应急联动中大规模视频监控环境下的动态人脸识别、广域目标监视与追踪、人物图像语义提取及视频搜索等关键问题上的成果，得到了重庆市公安局的高度认可。

接下来的两年时间，团队又开发出智能换发换衣、人脸属性分析、大规模人群统计分析等人工智能系统。

2013年7月，芬兰一家公司推出了全球第一款刷脸支付系统，实现了人脸直接绑定银行卡的智能支付。刷脸＝刷卡！一时间，世界各地与之相关的科研团队纷纷效仿，希望开发出自己的刷脸支付系统。

在中国，周曦和他的团队始终向前。不到一年时间，周曦就带领团队研发出了一套可以实现手机刷脸支付的系统。

"但做出来这个技术，到底有什么用？其实是没有用的，因为没有人真的用。我只是告诉别人，可以这么玩儿，谁会真的去用呢？哪个金融机构会拿这个真的去做事呢？可如果就此向银行等金融机构去推广，对方显然不会采纳这样一个技术领域的单点创新。"系统是开发出来了，但当时并没有马上投入应用。

研发成果不能为民所用，这让周曦陷入了另外的思考："如果我们永远只是在学术圈，我们的科研成果就帮不了人，也做不了事。要把研究落地，我们需要一家商业公司来推动。"

这个想法，和袁家虎一拍即合。

"本来，我们建设重庆研究院的初心，就是要走出一条不同于其他研究院的创新之路。"袁家虎说，"'边建设、边招人、边科研、边转化'的'四边原则'，就是强调科研成果的转化，服务地方经济发展。"

2015年4月15日，云从科技成立发布会在中国科学院重庆绿色智能技术研究院召开，云从科技集团股份有限公司正式成立。

公司定位为一家提供高效人机协同操作系统和行业解决方案的人工智能企业，致力于助推人工智能产业化进程和各行业智慧化转型升级。云从科技一方面凭借着自主研发的人工智能核心技术打造了人机协同操作系统，通过对业务数据、硬件设备和软件应用的全面连接，把握人工智能生态的核心入口，为客户提供信息化、数字化和智能化的人工智能服务；另一方面，基于人机协同操作系统，云从科技将赋能智慧金融、智慧治理、智慧出行、智慧商业等应用场景，为更广泛的客户群体提供以人工智能技术为核心的行业解决方案。

这一天，重庆研究院为周曦团队举行欢送会。

中科院鼓励科研人员创业，因此给他们每个人戴上了大红花。

所有人的心情都是激动的。

激动的，不仅仅是云从科技的成立，更是对于未来的憧憬。

确实，一无所知的世界，只有走下去，才会有惊喜。

为了表明一定要把人工智能技术在中国做起来，通过商业化实现"技术为民所用"的决心，周曦和部分团队成员放弃了中国科学院的事业编制，这样一支科学家团队，硬生生把自己逼上了"梁山"。

不给自己留后路也是周曦一贯的作风。

"放弃的理由很简单，要想把我们的研究落地需要一个商业公司来推动，我们必须给自己断了后路。"周曦回忆。

云从成立初期，周曦就确立了公司发展的两点要求：一是研究内容要集中，先做好人脸；二是服务行业要集中，只做金融和安防。

这样的战略定位与云从之前的技术积累有关。一方面，在重庆研究院期间，周曦已经带领团队承接过国家级别的人脸识别项目；另一方面，由于2015年的"3·15晚会"中曝光了诸多银行无法识别假身份证的系统漏洞，让"人证合一"一时间成了金融机构的刚需，银行也成为云从切入行业的第一个对象。

不过，要将实验室诞生的研发技术形成一套面向大型 B 端客户的商用解决方案，对于当时的云从团队来说，仍然困难重重。

对行业的认知不足便是第一个难点。

"从核心技术走到产品；从产品走到行业解决方案；从行业解决方案走到销售；从销售走到整个服务体系，这一圈只有你亲自走完，才能得到行业客户的认可，才能真正知道如何解决问题。"周曦说。

全身心地投入到创业中后，技术科研出身的周曦才发现事情远没有他想得那么简单。这两年，他最大的感触就是，一个好的技术与一个好的商业实践之间，有着巨大的鸿沟，而光靠技术和科研是远远不够的。

周曦曾谈到团队创业初期遭遇到的窘境：为了参与一家银行的投标，云从集结了公司所有科学家，尽可能考虑到所有情况，写出了一份十几页的方案书。然而，在最终招标时，却被银行告知其他供应商的标书至少都在300页起。

"当时我们自己觉得已经非常详尽了，也考虑到了各种情况。但实际情况却让我们大吃一惊。原因就是，银行方说从来没有供应商给他们写过十几页的方案，最少都是300页起的。而这个数量在我们科学家看来，是相当于能出一本书的数量了。我们实在不知道这个事情需要写这么多内容。"周曦笑着说。

这个事情也让周曦团队迅速意识到自己对银行业的认识不足。要想让对方接受自己的方案，就必须从对方的需求出发。只有你熟悉了细分行业，了解整个银行的信息技术架构，才能知道自己需要做多少准备，才能考虑整个产品的解决方案。

另一个挑战则来自于身份的转换。

云从清一色的科研团队阵容，也意味着在销售、市场推广等环节的经验空白。

为了尽快接触到银行客户，云从派出了创始团队中的刘君担任北京地区客户总监，只身一人从重庆前往北京建立销售团队。时至今日，云从位于北京的办公室也没有在AI公司扎堆的中关村，而是在位于中国银行总行附近的望京。

正因为银行业是一个对供应商要求非常高的行业，要想从众多的竞争对手中脱颖而出，就必须拿出过硬的技术和服务。

"银行会让各家供应商拿出方案PK，谁的识别率高，谁的系统稳定，能帮他们解决问题，这些都是实质问题。如果你是技术领先的公司，那你的优势还是蛮明显的。在我们了解完银行的信息技术架构后，我们曾给他们提供了48种不同的解决方案，涵盖到它的各个部门业务线。从这时候开始，我们才逐渐成为一家让银行信任的技术公司。"周曦说。

但从竞争中胜出只是第一步，接下来的挑战是上线测试。创业公司一般没有足够的数据量来测试自己的系统，接入银行系统后就需要调试，一旦出现问题不能解决的情况，合作也极有可能因此而终止。所以在签订最终合同之前，一切都是未知数。

这也是为什么2017年5月份签下中国银行总部的合同后，云从科技北京的同事发了一条朋友圈："花2年时间走完60米的距离。"

周曦很感慨，云从的人都很感慨。

和农业银行签约成功后，北京的同事打电话给周曦，告诉他农业银行总行最终选择了自己团队。这位负责人觉得很自豪，决定晚上一个人去看场电影庆祝下。但电影却最终没能看成，因为就在同时，更多的项目进来了，根本忙不过来，于是这位同事在电影院旁边找了一个咖啡厅，默默拿出了笔记本，打起了电话……

"其实创业就是这样的，感觉非常忙，没有给自己任何放松的时间。但看到有成果内心又非常自豪和兴奋。"周曦苦笑着说。

2015年，中国股市大好，开户量也是一时激增。

当时在上海，许多证券公司为了增加开户量，都开通了网上人脸识别身份验证系统。云从科技当时就是海通证券背后人脸识别技术的供应商。在为海通证券搭建完系统后，问题却出现了。消费者在进行人脸识别时，用的手机不同，导致系统识别率有所差异，再加上用户量上涨，系统测试也不稳定。但海通证券只给云从科技3天时间对系统进行优化改善。

"当时对我们负责这个项目的团队，包括技术总监，我的要求是全体全天24小时蹲守在上海。如果他们搞不定，那大家都不要回重庆了。因为当时真的是至关重要的时候，也是挺艰难的。不过还好我们最后坚持下来了。"周曦说。

在强压下交出令人满意的结果是周曦希望团队做到的。而令他更有成就感的，是这个团队对成功的态度。

如同华为之于5G，在高新技术的浪潮之争中，参与设定标准的一方，势必会对技术趋势有着更为精准的把握与押注，而作为初创公司的云从得以在诸多CV公司中脱颖而出，不得不谈及其身上的"国家队"光环。

除了中科院出身的团队背景外，已经完成四轮融资的云从，资方中无一来自外资机构，公司框架也为纯正的人民币架构，并快要实现科创部IPO；而CV四小龙中的另外三家皆为VIE架构，过往融资经历也以美元为主。

对于金融、安防领域客户来说，不论是省市级的公安系统还是四大国有银行的风控产品，都在数据安全层面有着至高要求，云从科技联合创始人姚志强坦诚，作为纯内资的中科院出身企业，云从则更能获得银行与公安部门的信任。

"周曦从中科院体系出来，有这个思想和觉悟。云从切入的安防、金融领域都是关系民生的大动脉，因此在成立初始，就决定要做纯正的民族企业。"乐金鑫说。

作为云从的早期投资人，乐金鑫在2016年与周曦相识。那一年，刚刚接手元禾原点南京基金的乐金鑫已然投出了另一个"国家队"——同出自中科院，如今估值达25亿美元的AI芯片企业"寒武纪"。

周曦认为，世界各个强国都把AI提到了国家层面，中国也在加大投入，并且中国在这方面起步较早，有较大机会超英赶美。国产人脸识别在实际应用中已远超德日厂商。例如在某省厅测试中，云从在命中率上以10倍优势战胜了两家分别来自日本、德国著名厂商的技术。他认为图像识别特别是人脸识别算是比较敏感的国家重点行业。云从代表创新、创业，并且地处重庆，全国一盘棋，选择云从科技，可以更好地服务于西部大开发，符合国家整体战略。

2019年，云从科技在跨境追踪技术和3D人体重建技术方面取得了新的突破，创造和刷新了世界纪录。在2020世界互联网大会期间，云从科技自主研发的全球首款人机协同操作系统首次亮相，云从人机协同操作系统专为人与计算机之间进行自然交互、协作完成复杂业务而构建，同时为开发者设计研发人机协同智能应用提供全面支持，高效降低人工智能应用门槛，提升人类与机器智能协作效率，从而有力推动人机协同发展。

人机协同操作系统在运行时采用安全多方计算，旨在对个人隐私、原始数据等进行多方位保护，严守国家规定，多方协同规范数据库，合理实现数据价值，这对国家安全、数据安全尤为重要。

目前，云从科技业务覆盖金融、安防、出行、商业四大领域，通过行业领先的人工智能、认知计算与大数据技术形成的整合解决方案，已服务银行、公安、机场、海关、数字城市等多个行业。

对此，周曦并不满足，他要引领云从科技走向更远、飞得更高。

从美国回到重庆研究院，从重庆研究院到创立云从科技。

一路走来，步伐坎坷，但始终坚定有力。

每个人坚守的方式都不一样，有的人选择开公司、办企业，也有的人选择留在重庆研究院。

1980年出生的石宇，是地地道道的重庆母城渝中区人。

20世纪80年代初期，电脑刚刚进入人们的生活，很多孩子一接触计算机就沉迷于它绚烂的游戏世界。可石宇却对计算机虚拟世界中只需要轻敲几个按键就能执行一系列操作的小小代码而深深着迷。

都说兴趣是最好的老师，坚持是最好的见证。在父母的支持下，石宇从小学就开启了对计算机智能世界的探索之旅。他回忆道："从'286''386'到'奔腾'处理器的升级换代，我深感计算机处理器运算能力在不断提升，其计算机软件系统在快速发展，计算机提高了我们的工作效率和质量，也改变了我们的生活和习惯。"

石宇坚信，更好的技术，可以让效率得到大幅度的提升。石宇从初中毕业开始自学计算机知识，通过6年刻苦钻研，凭借优异的成绩，考入武汉大学计算机科学与技术专业。毕业后，他继续在武汉大学的软件工程专业就读研究生。因在校期间成绩斐然，品学兼优，研究生毕业后石宇就获得了去国际顶尖软件系统研发公司工作的机会。"这所有的经历都只是在夯实基础——了解这个技术，驾驭这个技术。"石宇表示，不断地学习让他在计算机科学领域有了深厚的技术积累。

"造福社会是科学的使命，更是科技工作者的信念。"石宇积极探寻着应用先进技术以提高效率的具体领域，"那时候重庆大力发展科技，科技投入持续增长，科技服务体系更加健全，正在筹建中的重庆院向我抛来了橄榄枝，我是重庆人嘛，能回来为家乡建设作点贡献我觉得是很荣幸的事情。"于是，在外漂泊了12年的石宇，怀揣着将智能技术应用落地并带动相关领域技术发展的梦想，毅然回到了他的家乡——重庆。

回到重庆，石宇和周曦在一个团队中工作。

周曦离职创业后，石宇选择了留下，和一批志同道合者在继续坚守。

2016年，石宇带领团队获得国际智能识别竞赛冠军。

此次获奖可谓是给正在寻找科研方向的石宇和团队打了一剂强心针。"这个奖项说明了我们的技术在世界上是处于领先水平的。这坚定了我们的信心，也确定了我们后面的研究和产业化的方向。"据石宇回忆，基于这一技术，团队成员全国各地出差寻求合作，就在出差的过程中，石宇对安检排队时间长、安检流程繁杂，感触颇深，"我当时就在想，既然我们拥有先进的技术，为何不以此为突破点，帮助机场提高工作效率、提升安全裕度和提高旅客的满意度。"

恰巧民航局为建设智慧机场，正在国内科研院所及企业中寻找技术领先、拥有自主知识产权、能独立研发的可靠合作伙伴，智能安全技术研究中心在国际智能识别竞赛中的夺冠让合作成为可能。

先进的技术如何应用，才能达到提质增效的目的呢？为解决这一难题，石宇带领团队全身心投入到研发中，他们的工作日志里，在高原机场输着氧气开会是常事，为节省时间和经费，几千公里出差偏远机场的行程，开车往返也时有发生。就这样，在石宇的带领下，团队齐心协力，最终以智能识别为切入点，着眼于旅客安检的第一步——人、证、票的核验，研发安检人脸识别辅助验证系统，用机器"看"代替人工看，独创双屏模式，让旅客主动"抬头看"，实现高效人证核验。

2017年，该系统在广州白云机场举办的为期50天的安检现场评测中获得了第一，得到了各机场领导的认可。不仅如此，厦门高崎机场启用该系统仅6天，即查获9宗企图持用他人证件乘机事件。同年重庆江北机场，启用该系统一年即查获233起企图持用他人证件乘机事件。该系统在全国各个机场大面积应用，大幅提升了机场过检效率、旅客乘机满意度和机场空防安全裕度。2018年，该系统入选中国科学院科技成果转移转化亮点工作，研发团队获重庆市创新创业示范团队。至今安检人脸识别辅助验证系统已累计应用于70家机场的旅客安检，覆盖618条安检通道，占全国重点机场的60%。

"我们并未止步于此。"石宇说，"用先进技术为民航业提质增效，这只是第一步。"为了进一步将智能技术应用到民航领域，石宇带领团队进行更深入的研发——在安检人脸识别辅助验证系统的基础上，又研发了人工辅助验证智慧安保系统。该系统不仅实现了旅客的"一脸通关"，更将智能技术应用到机场的方方面面，包括客流、货流、员工管理、安检设备和机场区域管理等，并由"民航智脑"进行全局的智慧决策，从而实现降低成本、提高质量、提升效率，打造出生产要素全面物联、协同高效、智能运行的智慧机场。

同时，石宇深感协同合作的重要："我们一直与中国科学院各兄弟院所、民航各机场单位有深入合作，致力于将更先进技术、更全面的服务应用于整个民航领域，同时以民航行业为起点，辐射到各行各业。重庆市青年科技领军人才协会这个高起点高水准的平台，是我们与各行业顶尖人才合作的桥梁。"石宇表示，智能安全技术研究中心的人工智能技术在民航领域的应用，也带动了在其他领域的转移转化，所研发的智能安防系统已在多个政府部门、小区、部分公安局、教育平台得到了应用。"协会搭建的平台，使得我们的技术与各行各业的交流更频繁，合作更紧密，也推动我们智能技术在各领域的进一步创新与发展。"

身为重庆研究院智能安全技术研究中心主任的石宇，除科研工作外，也承担着培育人才的重任。在培养学生方面，石宇从自己的亲身经历出发，给将要踏入科研领域的学子们诚挚寄言："科学可能看起来很枯燥，研发的过程可能很单调，但是，就好像苏霍姆林斯基说的，单调的攀登动作会让人感到厌倦，但每一步都接近顶峰。科学学习与研究，需要保持热爱，夯实基础，善于发现，刻苦钻研。未来，就在前方。"

是的，未来，就在前方。

3
—

通往未知的路上，每个人都在走出不同的精彩。

同样是留美归来的郑彬，和史浩飞、周曦有着另外不同的故事。

1972年出生于四川省威远县的郑彬，和重庆人都很熟悉的红岩烈士、中共四川省临时工作委员会书记、川康特委书记罗世文是老乡。

郑彬兄弟姐妹4人，他是老幺，小学到高中都是在县城里读的。郑彬说，因平时父母比较忙，对他们从小就采用"放养"模式，但他们学习都很自觉。郑彬的学习成绩也一直在班上名列前茅，1991年参加高考，他考了个全县第二名，被清华大学机械工程系录取。

当时在四川的一个县城，能考上清华，全县也就一两个人。

1996年本科毕业后，郑彬来到位于成都的中科院光电技术研究所的光学工程专业读硕士。这时候，袁家虎在光电所担任领导，还担任了郑彬的答辩委员会委员，当然，那时候袁家虎不知道坐在下面的小伙子若干年后会成为自己的下属。

1999年硕士毕业后，郑彬来到北京的巨龙通信设备有限公司担任工程师。工作之余，郑彬继续"充电"，不断提升自己，希望能在学业上得到进一步深造。2003年，郑彬踏上了出国留学之路，到美国罗格斯大学机械航空工程系读博士，同时开始接触自动化设计方面的知识。

罗格斯大学（Rutgers University），简称 RU 或 Rutgers，全名为新泽西州立罗格斯大学(Rutgers, The State University of New Jersey)，前身是成立于 1766 年的皇后学院(Queen's College)，是一所在世界上享有盛名的顶尖公立研究型大学，也是新泽西州规模最大的高等学府。

在罗格斯大学学习期间，郑彬在无意识中，分别积累了机械、光学、电路、硬件、软件设计等多专业的知识，这为后来研制机器人奠定了基础。

博士毕业后，郑彬顺利进入美国某大型科技公司，并担任高级工程师。本以为未来的工作生活，都会如之前一样，按照既定的轨迹前进，但意外出现了。

郑彬所在的这家公司主要从事半导体生产，为各种飞机提供高灵敏压力传感器。作为有多学科知识背景的人才，公司计划把一项叫做"联合轰炸"的项目交给郑彬。但刚接手，他就被告知，美国联邦调查局要求公司，不能让来自中国大陆的科学家从事军用项目的研发，只能参加民用项目。

这次经历，让郑彬真切体会到工作也会因民族的不同而受到歧视。

2008 年，郑彬的老师（华裔，中国台湾省人）作为访问教授回国进行考察，走访了中国大陆多个城市。回到美国后，对郑彬谈起到大陆的感受："我感觉中国的经济马上就要起飞了，你如果不打算在美国定居，就应该马上回去，如果再等几年，回去就没机会了。"

本就因工作受到排挤而忿忿不平的郑彬陷入了沉思："骨子里，我们都是受爱国主义教育长大的人，内心深处是很想回到祖国的。但当时妻子还在美国读书，毕业还需要一段时间。还有就是那时候，国内的医疗保障体系刚起步，岳父岳母在美国照顾孩子，他们认为美国的福利好，基本保障强，因此也都反对回国。"

"如果留下来等绿卡，就得老老实实待在某个公司，动也不能动。我感觉这是在浪费时间，我觉得我的人生不能这样没有意义。"从来就有远大理想的郑彬并不甘心就这样被困，他的内心在进行强烈的挣扎。

就在这时候，中国发生了震惊世界的大事。

2008年5月12日，四川汶川发生里氏8.0级特大地震，造成数十万人伤亡和大量建筑物损毁，数百万人流离失所。

党中央、国务院、中央军委紧急动员，全国各族人民和人民解放军迅速投入到抗震救灾之中，震撼的场面通过电视画面和网络传到美国，郑彬眼睛湿润了："我的爸妈都在四川，我的所有亲戚都在四川，我觉得我必须要回到四川去。"

亲情的呼唤，祖国的强大，让郑彬不再犹疑。他主动和远在成都的电子科技大学的老师取得联系，表达了想回到祖国，回到家乡的强烈愿望。在老师的帮助下，郑彬通过人才引进的方式，阔别妻儿，只身回到了电子科技大学。

"当时回来压力的确很大。首先就是经济压力，每月只有4000多块钱，小孩要上好的学校，妻子又在读书，还有买房的压力。"郑彬笑着说，"最有意思的是，身边的人都说你是从美国回来的，肯定很有钱。"

虽说是留美归来的科学家，生活中却依然存在柴米油盐的琐事和困难。

没多久，妻子博士毕业。因为郑彬已经回到电子科技大学，妻子也必然不会留在美国。这时，郑彬又开始为妻子张罗找工作的事。

一次，郑彬得知中科院重庆研究院在成都举办人才招聘会，他带上妻子的简历，去招聘会现场转悠。不承想，一段伯乐与千里马的故事正在悄悄酝酿。

招聘会现场，郑彬竟然碰到熟人——已经在重庆研究院工作的冯勇。冯勇在成都工作期间，曾在电子科大兼职，与郑彬相识。这次招聘会，冯勇是里面的工作人员。

熟人相见，分外话多。自然而然，两人聊起各自的现状。

冯勇给郑彬说自己为何来到重庆院，袁家虎院长如何重视人才，重庆研究院目前的详细发展情况。冯勇说得绘声绘色，郑彬也听得津津有味，心里盘算着，怎么才能让老熟人推荐一下自己的妻子。但接下来的话，郑彬怎么也没有想到，冯勇"怂恿"郑彬说："你来重庆，可以组建自己的团队。袁院长重视人才建设，你来重庆院，肯定会做出比在电子科技更大的成绩。"

郑彬没有当场答应，只是想着反正姐姐也在重庆生活，那就过去"探探虚实"。

重庆研究院袁家虎的办公室里，郑彬见到了自己学生时代论文答辩的老师。这个细节，袁家虎坦言，他已经没有印象。但郑彬却很高兴，因为他对袁家虎有所了解，知道了冯勇所言不虚。

郑彬给袁家虎详细介绍了自己的学习背景和研究方向。听完，袁家虎说："我们要搞机器人研究，你学过机械，又学过光学，还有电路、硬软件设计，正好合适啊。"

郑彬想，自己在美国也接触过机器人，虽然不是很深，但基础研究是没问题的，加上自己机械专业学习背景，这个研究方向的确很合适。

"你来筹建这个团队，就相当于这个团队的中心主任，我给你发'委任状'，马上招人就可以干起来。"袁家虎干脆利落。

在电子科大，是单打独斗；在重庆研究院，是团队负责人。郑彬内心一比较，优劣势就出来了，于是爽快地答应下来。

2011年11月14日，郑彬正式到重庆研究院报道。

"为了到重庆研究院，我还给电子科大退了曾经的人才引进费，因为没有做满要求的服务年限。"郑彬回忆，"愿意到重庆研究院来，首先是希望能做自己喜欢的事儿。我有专业技术知识，又有在美国接触过机器人研究的背景，在这里能搭建自己的团队，所以即便做一些牺牲感觉也值得。另一方面，也确实是因为很佩服袁院长，被他的人格魅力和来重庆干事创业的激情所吸引，他作为成都分院的院长都能过来，这样的魄力，我自然也愿意跟着一起干事。"

其实，2011年的时候，中国的机器人产业基本都还停留在科研阶段，市场上还是国外占主导。在重庆本土，机器人产业就更单一和滞后，当时，机器人还主要应用于工业领域，并且"扎堆"在汽车行业，主要从事焊接等简单的工种。同时，在当时的教育体系里，没有机器人这样的专业，所以郑彬匆匆一个月组建起来的团队里，虽然有人在国外学过相关专业，但没有人做过真正的机器人。

"有人也参加过一些机器人比赛的活动，可在真正的机器人产业研究里面，那只能算是玩具。"郑彬回忆，为了快速做起来，袁院长联系到深圳的一家公司，这家公司正在开发一款自动生产线上的自动化设备，他让我们过去全程参与，跟着学。

郑彬带着团队，一行7人来到深圳。

7个人在深圳朝夕相处9个月，一起学习加班，一起生活做饭。

"与其说我是队长，不如说我是带队老师。"郑彬说，"过去租的房子，条件虽然很艰苦，但大家一起很快乐。他们几个都是才从学校出来，第一次参加工作，我们一起成长，所以大家的感情特别好，团队的战斗力也很强。"

"他们定期会发一些关于学习情况的邮件给我，还会发一些照片，我到深圳开会，也会过去看看他们。"在袁家虎的眼里，这个团队正因为有了一起在深圳的学习经历，所以凝聚力也是所有团队中最强的，后来虽然经过多次变化，但团队的核心一直没变。

在改革开放最前沿的深圳，郑彬带领团队利用一切机会参加各种展会、论坛，参观各种工厂，学习了解产业机器人的发展方向。

2012年4月12—15日，第十届中国重庆高新技术交易会暨第六届中国国际军民两用技术博览会在重庆国际会展中心隆重举行。

郑彬团队也返回重庆，代表中科院重庆研究院参加展会。

参展的是一台炒菜机器人，是郑彬团队跟深圳团队合作的产品："那个时候我们跟现场，实际上就和制造业挂上钩了。我们当时去的是一家工业机器人的企业，所以发展方向，包括一直到现在，都是在往工业、自动化、智能化这些方向发展，这个也跟那个时候的定调有关。"

"在工业场景里面，大家还是在想如何应用的问题，想这个自动化设备的机器人做出来，大概售价是多少，如果达到多少量的话，大概会有多大的利润。所以只要我有了技术，并且技术足够先进，就能够转化成财富。在深圳的现场，你都会看到，他们做产品，都是为了赚钱去的。"

有了技术的支撑，思路的引领，郑彬团队回到重庆，开始了重庆的机器人发展之旅。

"回来之后做的第一台机器人，就是和长安工业联合开发的六自由度弧焊机器人。"郑彬说。

这也是首台"重庆造"弧焊机器人，包括伺服电机、减速器等关键零部件均由国内厂家生产，相比价格高昂的国外进口产品来讲，其制造成本相对较低，具有可推广性，后来在长安工业得到了应用。

"当时主要做机器人本体和项目，技术后来卖给了企业。机器人领域很小，要取得长足发展，必须将机器人和视觉技术结合起来。"郑彬举例说，"就像人一样，70%对环境的感知都是通过眼睛来实现的，视觉技术尤为重要。"

设计试验后，三峡库底淤泥采样水下仿生机器人应运而生，它可以潜到水底进行原位底泥的采样并封装。"过去，底泥的采集出水过程中会受到二次污染，导致分析数据不准确，而我们的底泥原位采样，有助于分析水质和农药、重金属等残留情况。"郑彬说。

郑彬又带领团队继续开展以机器人本体为主的研发工作，取得了一系列首创性成果。

2013年，郑彬的团队研发出国内首台3D打印并联机器人，引起了不小的轰动。

郑彬介绍，用于3D打印的工业机器人分为串联和并联，前者负载高、运动范围广，但造价也高；后者运动速度快，精度高，价格相对较低。此次研制成功的3D打印并联机器人已经可以完成直径220毫米的物品的制造，而且精度比较高。整个机器人造价才十余万元，主要可用于模型打印制造、艺术品加工等，在工业领域和艺术院校应该有广泛用途。该机器人采用的3D打印方式为熔覆式，相比采用粉末式具有速度较快和材料较便宜的优点。该机器人的打印速度可达到每秒5厘米，这是国内首次将并联机器人技术用于

3D打印。与当时已面世的3D打印机相比，该3D打印并联机器人的手臂尺度大，可在800毫米范围内"活动"，可打印出直径更大的产品，而且一次成型，打印速度快、精度高。

英国《经济学人》杂志以"第三次工业革命"比喻以3D打印技术为代表的社会制造，认为生产制造将从大型、复杂和昂贵的传统工业中分离，3D设计的计算机和机器人成为灵巧的生产工厂，以全新方式进行生产制造，社会制造将迅猛发展。

"电影《十二生肖》里兽首的3D打印在现实中完全可以实现，只是速度不可能那么快，随着技术的不断进步，以3D打印为代表的社会制造必然成为趋势。"郑彬说。

伴随着这台3D打印机器人诞生的，还有一台由它打印制造出来的扫地机器人，原本70多个零部件，通过3D打印制造可以一体成型，减少到四个零部件。郑彬介绍，这是由重庆研究院进行模型设计，国外大型3D打印机制造出来的，如果在工业生产领域广泛应用会带来技术的革命。

2011年12月，重庆市组织举办"机器人展览暨产业对接洽谈会"，明确提出要把重庆打造成"机器人之都"的构想。

2013年10月，重庆市政府发布了《关于推进机器人产业发展的指导意见》，到2020年，形成完善的研发、检测、制造体系，成为国内重要的、具有全球影响力的机器人产业基地，全市机器人及智能装备产业销售收入达到1000亿元。在此前后，数个省市也相继出台了机器人发展规划。其中，与重庆一道被业界称为"机器人产业十大重镇"的上海、天津、佛山、广州和沈阳等城市，更是雄心勃勃。

这让郑彬的团队看到了希望，更感受到了压力。

2014年，由中科院重庆研究院和北京航空航天大学联合研发出多鳍式水下仿真机器人，在重庆成功完成了首次下水试验。这款仿真机器人拥有像黑色炮弹一样的"身体"，以及黄色的像海龟鳍一样的"四肢"，携带着水下摄像机、中央处理器、水质检测仪、锂电池等部件。与国内传统的自主航行机器人多数采用的螺旋桨式驱动不同,它首次采用了海龟鳍的原理来驱动航行,进行水质监测,由4个电机独立控制"四肢"。

当人在水面上操作一个类似游戏机手柄的遥控器时,其"四肢"就会像海龟鳍一样不停地拍动,因拍动方向、幅度和力度的不同,实现水下的自平衡和灵活转向。而这是整个机器人最核心关键的技术之一。

在这些核心关键技术的支撑下,这款仿真机器人不仅能实现水质检测,还可以进行水底清淤等工作。

2016年,中科院重庆研究院和中科院空间应用工程与技术中心联合研制出国内首台空间在轨3D打印机。

"我们在法国波尔多完成了抛物线失重飞行试验,通过9次失重测试,验证了微重力环境下3D打印装备的关键技术与工艺,实现了塑料和复合材料2种材料,以及失重、超重和正常重力3类工艺参数的4种模型的微重力打印,获得了微重力环境对3D打印工艺参数影响的实验数据。"郑彬介绍。

空间在轨3D打印制造是解决空间站维修保障需求的有效方法,是完成未来深空探测任务的必要保证。在没有空间在轨3D打印制造技术前,空间站需要准备和储存备用零部件用于维修和更换,如果缺乏备用件,只能通过货运飞船运抵空间站,时间长,花费高。

空间3D打印制造技术的打印速度为10—30毫米/秒,可以在一到两天内打印出需要更换的零部件,且适用于绝大部分零部件,在空间站运营、深空探测等任务中具有不可或缺的作用,能方便、快捷地帮助宇航员在失重环境下自制所需的实验和维修工具及零部件,大幅度提高空间站实验的灵活性和维修的及时性,减少空间站备品备件的种类、数量及运营成本,降低空间站对地面补给的依赖性。

这意味着,如果宇宙空间站的设备出现故障,就可以通过它打印零部件,及时对出现故障的零部件进行更换,这为我国完成空间站建造及后期运营奠定了基础。

2016年3月18日,在"智触科技·翼展未来"3D打印与机器人产业项目推介会上，由中科院重庆绿色智能技术研究院技术团队自主研发的国内首款3D打印智能上肢假肢，向观众亮相。

"每个残疾人的手臂都不同，标准化生产的假肢产品无法完全满足他们的个性化需求，所以假肢产品特别适合用3D打印技术生产。"据介绍，重庆研究院自主研发的上肢假肢融合了3D打印和机器人的优势核心技术，具有智能传感与多自由度的功能，还深度还原了人体上肢机能，让它最大程度接近人体真实的手臂。"目前，市场上还没有3D打印智能上肢假肢，按照我们的技术实力和研发进度，这款产品推向市场后，将成为国内首款3D打印智能上肢假肢，填补相关领域的空白。"

另一旁，郑彬脸上却露出了愁容："机器人做出来了，但'养在深闺'，还是难以走出实验室。"

一台体型略显庞大的"机器人"，不仅"视力好"，能够进行高速、高精度光学自动定位，而且"手脚灵活"，依靠伺服控制系统能够麻利地完成LED极性分拣、三色混插、剪脚、弯脚等动作。

"这叫作'高速LED插件机器人'。"郑彬告诉记者。以前LED行业都是手工插件，效率低、易出错，如果用机器人，就能有效地解决这些弊端。"可以替代8—10个工人，但成本却不到国外产品的1/3。"

"这种LED插件机器人填补了西南地区在LED领域自动化设备生产的空白。目前我们正在寻找中试基地，希望与企业进行合作。但遗憾的是，至今还没有一家企业找上门来。"郑彬叹息说。

前面的故事里已经讲过，在石墨烯项目被媒体公布后，不到一个月的时间，就有企业"闻讯而来"，催生了一笔2亿元的大单。

这让当时出席过签约仪式的郑彬感慨万千："啥时候也有企业来跟我们谈机器人产业化呢？"

其实，在重庆机器人研究领域，受到"产业化"困扰的，并不只郑彬一人。

"重庆大学搞机器人已经有20多年的历史了，但一直是有技术没市场，进展十分缓慢。"重庆大学自动化学院教授石为人坦言，申报国家和市级科研项目，都有产业化考核目标，但由于本地企业不接招，研究机构只有"干瞪眼"。

企业为啥不接招？没看清市场前不敢贸然投入，还是其他原因？"其中一个重要原因，是重庆本地企业的承接能力不强。"市科委成果处处长冯光鑫坦言，机器人领域成本高、风险大，在没有看清市场以前，企业不敢贸然投入。

近几届重庆高交会，前来参展的国内外机器人都很多，但最后成果在渝"落地"的情况却并不好。直辖以来，重庆涉及机器人技术合同的共有7项登记，其中5项都落入了外地企业囊中。

郑彬认为，开发机器人产品，并没有很多企业想象的那么难、那么复杂。"深圳一家企业推出的一款扫地机器人，仅去年一年的时间，就销售了60多万台，其中70%—80%出口海外，创造了2亿多元的收入。实际上，扫地机器人的技术含量并不高，但这家企业瞄准市场需求，快速实现了产业化。"

做了多年"高大上"的研究，郑彬不再满足于单个产品的研发，而是更看重"接地气"，实现成果转化及产业化。

2018年，郑彬带着团队成立了中科万勋智能科技有限公司，并担任董事长，开展新型智能机器人及解决方案的研发和推广，将部分科技成果转化，涵盖工业、特种安防、消费服务等多个领域。

针对纺织行业车间劳动力短缺、工作环境不佳等问题，郑彬团队在重庆市产业类重点研发项目智能落纱机器人系统研发与应用示范的支持下，开发出一款子母式环锭纺复合机器人，并在重庆三峡技术纺织有限公司的车间进行了单台机器人试验。

"这款机器人可以在纺织设备上来回移动，代替工人进行拔管、插管等工作，不仅节约了劳动力，一定程度上还提升了生产效率和产品质量。"郑彬说，一间5万锭的纺织车间，全靠人工操作的话需要40多名工人。经过半自动化改造之后，工人可以减半。如果用上这样的机器人，工人可以再减半。

在他看来，目前我国的纺纱规模在1.2亿锭左右，这样的机器人将来会有很大的应用空间。

除此之外，他们还针对PCB板（印制电路板）制造行业研发了PCB板错混料分拣点数包装线，帮助企业极大地提升了生产效率，降低劳动力成本，今年已经拿下1500万元的订单。

基于过去水下机器人的相关技术，他们开发的三峡库区底泥原位采样水下机器人，也将在未来三峡生态环境保护方面得到更多应用。

机器人研发推广的工作越多，对人才的需求也越来越大。中国科学院大学重庆学院的落地，对郑彬的团队来说，无疑是重要支持。

如今，郑彬不仅是中科院重庆研究院机器人北斗导航工程技术中心主任、中科万勋董事长，还是国科大重庆学院机器人与智能制造学院副院长。他表示："借助中科院的平台优势，更有利于吸引人才、培养人才、留住人才，形成良好的人才聚集效应，我们也希望能够更好推动重庆机器人及智能化产业的发展。"

在重庆研究院智能制造技术研究所，除郑彬之外，还有很多人在坚守。

增材制造（3D打印）技术是重庆研究院的重大突破方向之一。

由973首席科学家段宣明研究员领衔，拥有"智能增材制造技术与系统重庆市重点实验室"与"重庆市3D打印应用工程技术研究中心"。致力于研究具有工业4.0特征的增材制造关键技术、集成技术和智能增材制造系统，探索满足未来工业制造新特征的泛在智能增材制造新原理、新机制和新方法，构建以增材制造为核心的知识产权保护体系。

同样因为在成都电子科技大学吃面条碰见冯勇的范树迁是四川遂宁人，2011年就加入重庆研究院。

范树迁，机器人与3D打印技术创新中心主任，主要从事增材制造的前沿应用技术研发。

和王国玉一起，范树迁他们二人还成为全世界第一次进行微重力环境下空间在轨制造飞行的科技实验人员。

利用3D打印技术，范树迁和团队伙伴一起，与陆军军医大学西南医院教授合作，成功实施了全球首例个体化3D打印距骨手术。

……

这样的奇迹，在不断创造。

3D打印，正在呈现着无限可能。

4

——

铁打的营盘，流水的兵。

团队中，总有人进来，也总有人离开。

进来和离开，都是一种未知，都充满着惊喜。

中科院重庆研究院，袁家虎留了下来，高鹏离开了，战超离开了。

还有众多人留了下来，也有众多人离开了。

留下，有留下的理由；离开，有离开的理由。

去与留之间，都同样充满故事。

史浩飞继续留在研究院，周曦去创办了自己的企业，郑彬则与他们二人都不同，既担任着重庆研究院的职务，又创办了企业……

每一种选择，都是最好的。

其实，从另外的角度来看，所有的人，都从来不曾离开，他们的脚步在中科院重庆研究院前行的路上，都一直铿锵有力。

前面叙述了几位年轻人的故事，这里，用稍微少一些的笔墨，讲一些已经离开了的人的故事吧，他们为了研究院的发展，同样劳心费神，步履坚定。

前面我们讲到过的张景中院士，与重庆结缘是在2011年。

当时，筹建中科院重庆绿色智能技术研究院，张景中作为参与筹建的第一批中科院院士来到了重庆。

张景中1936年出生于河南省汝南县，中国科学院院士、计算机学科和数学学科博士生指导教师、中国科普作家协会理事长，1991年开始享受政府特殊津贴。

作为重庆英才计划第一批入选人才（团队）的优秀科学家，80高龄的张景中带领团队找到突破口，并将研究成果率先在重庆进行应用，为推动重庆大数据智能化创新发展作出重大贡献。

从那以后，张景中每年都要来重庆好几次。他也在中科院重庆绿色智能技术研究院建起了自己的研究团队，并担任中科院重庆绿色智能技术研究院自动推理与认知实验室主任。

"我们的研究得到了重庆多方面的支持，也已经有了很好的阶段性成果。"作为一名数学家、计算机科学家，张景中的研究领域与重庆正在大力推动的大数据智能化创新发展密切相关。

"智能化发展需要大数据，但是大数据计算存在壁垒，需要去打破它。"张景中说，自己一直在研究打破大数据计算壁垒的方法。

在张景中来看，大数据计算需要打破的壁垒之一，就是在保障大数据安全的情况下，充分运用好大数据。

"大数据加密并不难，但是在加密后再对大数据进行很好的运用，我们需要一个更好的数学算法。"张景中说。为了研究出这个算法，他带领研究团队运用了很多数据理论，并实现了对加密的大数据进行更有针对性的运用，更快地获得大数据中需要的指标，让大数据计算变得更简单。

"大数据计算的另一个壁垒，是在保证大数据计算速度的情况下，如何去提高大数据的精度。"张景中说。一般情况下，大数据计算的精度提高，计算的速度就慢了下来。

如何让大数据计算的速度和精度都同时提高？张景中提出了一个大胆的假设：能不能用有误差的数据，得到准确的结果？

"这个假设在很多人看来，是匪夷所思的。你既然要求数据准确，怎么能在计算中有误差呢？"张景中说，起初，他的研究团队里也有人提出过这样的质疑。但是，通过分析他们发现，这样的假设是可以变为现实的。

"比如，我们计算的目标是人数有多少人？你如果计算的精度精准到0.5，有误差的数据通过四舍五入，得到的结果也是准确的数目。"张景中举了一个简单的例子。

张景中说，只要在大数据计算之前，了解清楚大数据的"属性"，再根据这个"属性"去确定计算精度。这样一来，大数据计算的效率就提高了。

"用传统的算法，可能需要六核来并行计算，但是运用我们的算法，一个核就能解决，减轻了大量的计算工作。"张景中表示，这些研究成果将率先在重庆运用，推动重庆大数据智能化创新发展。

张景中不仅积极参与重庆研究院的科学研究，还时常利用各种机会，为重庆的数学教育加力助威。

2012年4月，重庆求精中学数学实验班迎来了一位数学教育"大咖"——中科院院士张景中。而这个实验班，则是院士在全国开设的首个数学实验班。

九九乘法表中数字之间的关系，用代数的方法思考几何问题，月历上的数字规律……讲课时，张景中抛出一个又一个有趣的问题，让同学们观察思考。"如何让数学变容易，在我看来，就是要改变数学的呈现内容，改变数学教学的方式和手段，让学生们觉得数学有趣。"张景中说。

求得这个缘分，还得从求精中学数学老师庞梅说起。

庞梅一直关注和学习院士的"教育数学"理论。2010年，她了解到院士希望与中学合作，将理论用于实践，便立即前往当时院士所在的中科院成都分院。

"我介绍了下学校的情况，也谈了对开设实验班的一些想法，院士非常认可，当场便基本敲定了合作方向。"庞梅回忆。

经过近一年的协商和准备，2011年9月1日，"张景中数学实验班"在求精中学正式开班。开班当天，院士专程来到学校，为数学老师们开了一场关于"谈教育数学"和"Z+Z智能平台之超级画板实用技巧"的讲座。此外，他还亲自到实验班给学生授课，给孩子们留下了深刻的印象。

与传统的教学相比，实验班更加注重对学生数学兴趣的培养。学生使用的教材版本跟其他班级的一样，只是老师会根据学生的逻辑思维方式进行教学顺序模式的再编排。其中，数学代数部分采用传统教学方法和顺序，几何部分则采用张景中院士的新型教学体系。

"通过新的教学方法，孩子们学习数学的兴趣大大提升。"庞梅介绍，从2011年实验班开设以来，实验班已经办了七届，效果良好。张景中则会定期到学校培训老师，并不定期地到实验班给学生们授课。"他不在学校时，学生们还会通过书信、邮件等向他请教一些学习中的问题，而他也都会耐心地回信解答。"

除了在城市普及"教育数学"，张景中还希望让乡村的学生也爱上数学。

2014年10月30日，在中科院重庆研究院的牵线下，张景中走进合川区双凤镇云峰村云峰小学，为六年级的21名小学生上了一堂生动而有趣的数学课。

"今天，我要用多媒体和大家交流一些有趣的数学知识和发现。"张景中坐在讲台旁熟练地操作着电脑——鼠标在屏幕上轻轻一点，便出现了一个三角形，拖动任意一角，三角形也随之变化……

40分钟的课结束后，孩子们仍意犹未尽："第一次听院士爷爷上课，没想到数学也很有意思，以后我也要用他教的方法学习。"

"学数学就像吃核桃，数学教育研究的是怎么敲核桃，用什么敲核桃，而教育数学研究的则是怎么改良核桃品种使得核桃容易被敲开。"张景中说。为数学教育而改造数学，通过丰富发展数学而推进教育，便是"教育数学"的宗旨。接下来，他也将继续奔波在推广"教育数学"的路上。

近年来，大数据、人工智能技术发展日新月异，信息化和互联网经济发展进入了新阶段，在此背景下，重庆也出台了《以大数据智能化为引领的创新驱动发展战略行动计划（2018—2020年）》。

如何推动重庆大数据智能化发展，张景中院士专门给出了五点建议：

一是以创新驱动引领产业发展应重视相关学科建设，包括要支持大系统安全性智能判断与决策、大数据资源公平交易协议、类人智能自然人机交互、超大规模多媒体数据基础上的知识形成等基础理论研究。

二是重点技术领域应前瞻性布局一批实验室和开放研究平台。具体来看，要加大财政投入，建设好超算中心、政府数据资源共享平台、多媒体数据中心等。

三是要加强人才引进与培养。可以通过落实编制、工作经费、住房保障、就学就医等，进一步引进和培养人才。

四是要进一步发挥中科院重庆研究院的资源整合、理论和技术创新、产业发展咨询作用。

五是要重视大数据智能化在医疗、教育等民生福祉领域的应用推广。

……

张景中之外，再讲讲杜春雷的故事。

杜春雷是位女教授，1962年出生，1997年四川大学博士毕业，国科大博士生导师。四川省科学与技术带头人，微纳光学学术带头人。曾在瑞士Paul Scherrer Institute 光学研究组从事集成光学传感器及衍射光学研究；在德国 Erlangen 大学应用光学研究所从事微光学结构制作及系统应用研究；在澳大利亚思维本纳光子研究中心从事人工结构材料的特性及纳光子技术研究等；主要研究方向是微光学器件与系统、微纳光学与亚波长光学、人工电磁结构材料、微纳传感技术。

这样的人才，自然引起了袁家虎的注意。

"我们想引进的不仅仅是一个人，而是一个团队。"袁家虎多次说过这一句话。

为什么这么说？因为长期以来，重庆地处西部内陆，再加上大院大所少，高端人才很少。

那么，从什么地方引进这样一个团队？

中科院光电所的杜春雷及其团队被誉为"中国微纳光学开创者"，在微纳技术研究领域科研实力一直很强。

袁家虎利用自己此前担任过中科院成都分院院长的有利条件，跑到原工作单位挖起了"墙脚"。

为了做通杜春雷的工作，袁家虎不断地往返于成渝之间。短短三四个月时间，他就去了七八次。每次见面，他都十分详细地介绍重庆的发展前景、中科院重庆研究院的整体规划等，慢慢地去打动这位微纳光学专家。

要挖人，杜春雷所在的光电所的工作更难做，因为谁都不愿"肥水流入外人田"。碍于情面，光电所最终同意放人，但条件却有一个："杜春雷手头上还有科研项目没有完成，暂时不能走，要把项目做完了再说。"

这就意味着，重庆还得等上一年多的时间。

"那怎么行！再过一年多，又是一个未知数，万一这事儿就再没下文了怎么办？！"为此，袁家虎又不断地找光电所的领导谈，并主动提出让杜春雷签订保密协议，绝不泄露项目的任何内容。

最后，光电所终于松口了。除了杜春雷以外，团队中另外2名科研人员也一起到了重庆，加上国内外慕名而来的学者和研究生，短短两个月时间，就形成约20人的高水平团队。

高水平的团队，带来的就是高质量的成果。

仅仅5年时间，杜春雷团队就取得多项科研成果，其中获奖成果6项，包括2015年国家科技发明二等奖，重庆市技术发明一等奖。在本领域发表SCI论文200余多篇，授权发明专利80余项，其中转化专利6项，培养硕、博士研究生50余名，培养"80后"成为高端人才和学术带头人10余名。完成微纳技术平台和数个中心建设，跨尺度制造重庆市重点实验室、重庆市微纳制造工程中心建设与获批、光学工程硕士点和博士点建设与获批。

但遗憾的是，在重庆研究院坚守5年后，因个人发展需要杜春雷教授最终选择去了另外的地方。

对于杜春雷个人来说，这将是人生又一段经历的开始；对于重庆研究院来说，虽然痛失帅才，但杜春雷教授为重庆研究院所作出的贡献以及带来的影响力，一切又都是美好的回忆。

离去和坚守，都是一种状态。

离去有离去的原因，坚守有坚守的理由。

和杜春雷一起来到重庆研究院的尹韶云1981年出生于河北石家庄，主要研究方向为微纳光学理论与自由曲面光学、光学仪器与装备，包括微纳光学、轻量化光学系统、LED照明与应用等。

虽然刚刚40岁，但尹韶云在重庆研究院已经承担过院企合作、国家自然基金、西部之光、国防预研、重庆市科委重点专项等项目，特别是在杜春雷离开之后，开始担起重任，逐步成长为集成光电技术研究中心主任："杜老师离开，最开始的确让我们觉得有些困惑。但最终我们要独立起来，去开拓新的事业。"

尹韶云的坚持，慢慢有了收获。

他率领的团队建立的公司，也慢慢有了起色。

对于创业道路上的苦涩与甘甜，尹韶云和他的队友们，正在体验。

创业就是一个历程，我们既要追求结果的成功，更要注重过程的精彩。

在中山大学任职了八年的刘鸿，开始了回乡创业之路，十年沉淀，回到家乡创业发展，正逐步长出硕果。

刘鸿1970年出生在重庆永川，1993西南大学环境科学专业本科毕业后，到浙江大学环境化学专业、物理化学专业分别完成了硕士研究生、博士研究生的学习。1999年，刘鸿先后到中科院大连化学物理研究所、香港理工大学土木及结构工程学系做博士后，随后到中山大学化学与化学工程学院，历任副教授、教授、博导。

"我回到重庆工作是人生的一个偶然事件。2011年3月底，非常偶然地从朋友那里获知重庆研究院成立的消息。抱着试试看的心情，我投了一份求职简历。令人惊喜的是，很快就收到了回复，4月初按约来重庆与领导们面谈，10月底我就全家到位，开始正式全职上班。当时，很多朋友同事都很纳闷，国内科研人员流动的趋势是从中科院到高校，我则反其道而行之。他们对我如此仓促的决定不免十分担忧。"刘鸿回忆。

对于回到重庆研究院，他有着自己的理解。

"回到重庆，这种偶然中似乎又有必然。首先，我对家乡有深厚的感情；其次，重庆研究院允许我建设一个较大规模的团队，可以打通从基础研究到工程转化的较为完整的创新价值链条；最后是因为对中科院一直怀着深厚的感情，我的博士生导师是从中科院金属所调到浙大（浙大也曾隶属于中科院），同时至今还同中科院大连化物所的师友保持着密切的联系。所有这些因素叠加在一起，使我回到中科院工作成为必然的结果。至今清楚地记得大连化物所的老师为我写推荐信时，就特地肯定了我的中科院情结'十分欣慰地看到我能回到中科院工作'。"

主要从事水污染控制研究和开发的刘鸿，曾入选 2008 年度"教育部新世纪优秀人才支持计划"，主持过数十项国家自然科学基金等科研项目，在其研究领域已经较有影响力。

回顾十年发展，刘鸿最大的感受是创业艰辛。

"过去十年是重庆研究院最为艰难的岁月。学科设置、人员招聘、后勤基建、设备采购、建章立制、协调论证会议等等，都是从无到有，'边建设，边招人，边科研，边转化'，个中滋味，非亲历者难以言表。科研人员如此，管理人员亦如此；领导们如此，普通员工亦如此。总之，作为新单位的创业者，都怀着梦想与情怀而来，面临的是一切从头开始的种种困难。因此，2014 年重庆研究院筹建验收通过时，我个人最大的感受不是成功的喜悦，而是创业的艰辛。"

刘鸿目光坚定地说："真要向重庆研究院的建设者们致敬！"

按照建设重庆研究院的初衷，研究三峡生态环境是其中的重要职能。

"关于三峡生态环境的研究布局，同样符合重庆研究院院训，相关研究成果，特别是水质传感器、水质感知系统、水处理工程菌、材料和装备等，同样可以推向市场。我们团队重点研究三峡库区小微水体及分散式污水净化机制与调控技术，为三峡库区水质安全保障提供智能化技术解决方案。目前，在水质快速检测的智能化方法与仪器、水质精准改善的智能化工艺与装备方面，已经取得了一些进展，有的产品已经进入市场货架，销售到了全国近20个省、市、自治区。未来将更加严峻地考验我们，我们将努力保持不断解决新问题的能力。"

刘鸿及其团队深入库区的山山水水，无论春夏秋冬，天晴下雨，山野湖泊之中，到处都有他们的身影。

团队里，有资深研究员，也有才参加工作的小姑娘、小伙子。

我们慢慢道来。

来自河南新乡的陈阳出生于1982年，取得爱尔兰国立大学博士学位之后，回到西安中科院地球环境研究所工作，2014年来到重庆加入大气环境研究中心。

陈阳的团队以大气物理化学过程为研究对象，以区域空气质量改善和生态环境可持续发展为目标，在大气污染特征、成因、转化和归趋等领域开展了大量的工作。

"我们不仅致力于重庆本地的大气环境研究，还服务于国家项目。"陈阳介绍，他和团队成员一起，按照国家相关单位要求，到开封、济宁、滨州等地进行气象数据采样，分析，并提出方案建议。

1981年出生的李哲，带领团队以长江上游水库为主要研究对象，聚焦于变化水文环境下生源要素循环的微生态过程与机制，服务长江上游河流—水库系统适应性管理与生态修复。

这样的研究，更多是在山川湖泊，河流荒野。

欧阳文娟、鲁伦慧，都出生于1987年，但在野外采样时，却从不退缩。

"野外的环境复杂，特别是三峡地区，大宁河、彭溪河、梅溪河……到处都有我们队伍的身影。"李哲介绍，在野外不说风吹日晒这些情况，危险的是经常遇见滑坡、落石等自然灾害。

特别是库区消落带，水退后淤泥厚的深达一两米，一旦陷入就有生命危险。一些老台阶石梯，上面长满青苔，脚一踩上就要滑倒……

"有次在香溪河采集水样，遇见了滑坡，回想起来至今感到害怕。"欧阳文娟回忆，"危险多，也还能克服，但有时候很尴尬的是，我们女孩子在野外上厕所，战战兢兢的。"

鲁伦慧则是带领团队第一次去西藏采样的："河流采样的地方人烟稀少，但却途经了海拔5000多米的雪山，看到了长江源头之美，非常有挑战性。"

生态过程研究中心主任吴胜军，现在主要从事三峡库区生态环境与地理信息系统方面的科研工作，未来的研究方向，他放在了智慧工程与生态安全方面。

经过多年的发展，三峡生态环境研究所逐步发展成为已有水污染过程与控制研究中心、环境友好化学过程研究中心、生态过程与重建研究中心、环境微生物与生态研究中心、膜技术与应用研究中心、环境健康研究中心、大气环境研究中心等8个领域研究中心，成为专门针对大型水库的生态环境和污染治理，开展相关的科学研究、技术开发、平台建设和人才培养的机构。已有环境领域相关研究人员70余名，拥有研究员7名，副研究员5名，博士学位获得者30余名的研究团队。现有环境科学与工程一级学科博士点，市政工程、环境工程和环境科学3个二级学科博士点和3个二级学科硕士点。

三峡生态环境研究所就环境化学、环境生物学、环境毒理学、污染生态学，以及污染控制治理等学科进行综合研究，并先后建成包括"中科院水库水环境重点实验室""重庆市三峡库区水质保障工程技术研究中心"在内的多个具有国内先进水平的相关实验室、工程中心。建成"三峡次生湿地生态研究站""永川垃圾渗滤液达标排放技术示范基地"等野外基站。具有成套的生态环境科学研究仪器设备及良好的配套设施，其中大型仪器及试验台价值2500多万元。三峡生态环境研究所在培养和引进学术带头人和研究生培养方面采取一系列有针对性措施，取得富有成效成绩，近年来先后承担了重庆市科技攻关、重庆市"121"示范工程、西部行动计划、三峡后续规划等项目，牵头启动了国家水专项、国家科技部重大民生科技项目、国家科技支撑计划等项目。

面对这些成绩，刘鸿非常冷静："在未来的发展中，我们需要针对三峡生态环境凝练出重大的科学技术问题，并坚持不懈地进行科技攻关。在这一过程中，有两个问题应该经常自己问问：一是三峡生态环境问题的解决，是否必需你的科研成果？二是关于你的科研成果，能否离得开三峡？"

正因为有了如此的心态与胸怀，刘鸿个人也在不断成长，先后入选中科院百人计划引进人才、教育部新世纪优秀人才支持计划，是国家杰出青年基金获得者。发表 Envion. Sci. Technol.、Appl. Cat. B、Water Res. 等 SCI 论文 70 余篇，SCI 他引 2000 余次，论文多次被 Chem. Rev. 大篇幅正面评述。主持国家自然科学基金 8 项，省部级项目 8 项及企业合作项目 4 项。担任 Current Green Chemistry 顾问编委，International Journal of Photoenergy、Journal of Nanomaterials 客座编辑，中国化学会水处理化学学科组第三届理事会理事，中国环境科学学会水处理与回用专业委员会常务委员，国家自然科学基金委员会建筑环境与结构工程学科评审会专家等。

2018 年，刘鸿被任命为重庆绿色智能技术研究院副院长。

作为重庆研究院"自主培养"并成长起来的科学家和院领导，在人才引进和培养方面，刘鸿有和其他人不一样的感受。

"要践行'创新为魂、市场为本'的发展理念，特别需要青年人才迸发出超常的想象力、创新激情和奉献精神。十年来，重庆研究院的人才引进和培养方面，取得了不少成绩，一大批青年人才已经逐渐成长为科研骨干。与全国其他单位一样，咱们的青年人才在成长过程中，也必然受到注重简单数量、追求短期指标的科研评价机制的惯性约束，从而不敢牺牲较长的冷板凳时间去开展真正有创新意义的工作。目前，在破'四唯'的机遇期内，我们需要从管理制度下更多的功夫，以促进这个问题的根本解决。"

"非常幸运，重庆研究院已经确立了较为合理的团队考核制。十年的运行实践表明，这种考核机制在团队科学分工的大前提下，特别有利于青年人才长时间地将精力聚焦在关键科研攻关目标上，也特别有利于培育一大批工程技术人员，发挥他们对科学研究与成果转化的支撑作用。我们团队还特别注重青年人才要有一段坐冷板凳的时间，至少五年。这段时间内，不用担心论文数量、项目经费等简单数量，也不用担心报账、采购等杂务对宝贵时间的分割，只专注科研方向的选取、科学问题的凝练、科学实验的效果等纯学术任务。为此，我们团队利用新建院所的新机制优势，设立了多名专职科研辅助和支撑岗位，做好保障服务。"

故事在继续，创业的道路上，成功和失败总是相伴而生。

更何况在地处中国西部的重庆，引进人才更多地靠的是"缘分"，评判标准也非"成功"和"失败"这种非黑即白的观点。

从洛杉矶到芝加哥，从欧洲到新加坡，从内陆到香港澳门，重庆研究院从名不见经传到有了自己的一席之地，其中坎坷，只有辛苦者自知。

"一个城市接一个城市跑，一个学校接着一个学校做宣讲，不断拜访国内外知名专家学者，听他们对于各领域的发展见解，请他们推荐人才。"袁家虎坦言，开始去国外，也不是每次都受到重视，甚至还受到冷眼。

周曦在美国期间，就见证过一次这样的尴尬："在芝加哥大学宣讲时，准备得很充分，但开场了，却没有一个听众来。这里面有帮忙组织听众的朋友没有尽心的原因，但也说明重庆研究院当时在业内没有影响力，很难吸引人才。"

"吸引人才，有两个很重要的地方，一个是待遇；另一个是科研环境，或者说是科研支持力度。"袁家虎说，"前几年广东沿海的吸引力度特别大。我这里开出年薪几十万，发展到一定的时期，年薪也可能达到100万，但在重庆研究院，这也基本就到头了啊。可人家广东怎么说，一去，就给人家300万的年薪，这就让我们没法谈价。更重要的是，广东还给人家建实验室，一个人就有2000万、3000万的实验室建设经费。我们早期呢，科技局给的经费一年总共才2000万，而且这笔费用还要维持好几个团队的运转……"对于"挖人难""留人难"，袁家虎深有感触。

吸引到重庆院的人，更多选择了坚守。

前面叙述了很多，这里再简单作一些介绍。

冯勇，1965年出生于四川宁南，2011年从成都计算机应用研究所来到重庆研究院，先后担任人事处处长、电子信息技术研究所副所长、所长。

电子信息技术研究所（后文简称"信息所"）是中科院重庆绿色智能技术研究院下属研究所。信息所以大数据为中心，开展大数据推理与分析、存储、传输、安全等基础性原创性研究及其应用研发，构建独具区域特色，集技术创新、成果转化、科技服务、人才培养为一体的信息技术研究所，致力于成为电子信息战略新兴产业培育和传统产业升级改造的驱动者。

冯勇带领团队把信息所建成为拥有西南地区计算能力最强的超级计算集群（每秒运算达400万亿次，储存量达2PB）、全球首创的全天候全方位移动式同步采集阵列、高性能GPU计算机集群、量子光学实验平台等，并已建成国务院三峡办三峡生态环境监测系统在线监测中心、自动推理与认知重庆市重点实验室、大数据与智能计算重庆市重点实验室、重庆市智能视频分析工程技术研究中心、重庆市人脸识别协同创新中心、重庆市生态环境遥感监测大数据应用技术协同创新中心6个省部级创新平台，为研究所科研工作提供了强有力的科研支撑。

信息所成功研发了三峡水生态环境感知示范系统、人脸识别智能通关系统、在线网络中的用户推荐系统、智慧城市云照明管理系统、精细化数值天气预报系统、基于北斗的高精度OEM板卡、多旋翼无人机控制系统等，技术和产品广泛应用于生态环境、安防、气象、医疗、金融、智慧城市等多个领域。

其实关于冯勇，读者应该并不陌生，在我们有关好多科技工作者来重庆的叙述中，都讲到了他。

在成都计算所工作期间，他同时在成都电子科大兼职授课，于是和大量的科研人员有了接触，也为把他们引进到重庆研究院埋下了伏笔。

到重庆研究院后，担任了一段时间的人事处处长职务，冯勇于是成了很多人来渝"牵线搭桥"的人。

包括我们前面提到的张景中院士在重庆研究院揭牌仪式上的演讲，也是冯勇"牵线搭桥"的结果。作为张院士在中科院成都分院工作研究团队的核心成员，冯勇一直在其身边工作，深得信任。也正是因为演讲的结缘，在冯勇的积极奔走服务下，张院士来到了重庆研究院工作。

在人事处长的岗位上，冯勇需要配合院领导完成研究院科研布局中的人才构架搭建工作。

栽下梧桐树，引得凤凰来。

冯勇成了最早协助袁家虎栽梧桐树的人。

不停地奔走宣传，风尘仆仆。

终于，通过一年的时间，研究院科研布局中的第一批核心人物逐渐到位。

这里面，有我们已经或即将要讲述的郑彬、石明全、尚明生、张矩等一大批人。

虽然人事工作做得风风火火，但在冯勇内心深处，仍然是对于科学研究的执着与坚守，八个月后，经申请从科研服务调整到科学研究的岗位上，于是有了前面介绍的科研成绩。

张矩，1994年获得美国罗切斯特大学计算机科学博士学位，担任高性能计算应用研究中心主任，其团队主要专注于并行计算、大数据处理、云计算、人工智能、数据挖掘等领域的研究和应用，截至目前申请和授权国家发明专利10余项，发表SCI/EI论文30余篇。

特别值得一提的是，该团队还面向各行业企业开展了丰富的超算和云计算应用服务，与重庆市气象科学研究所、第三军医大学附属西南医院、重庆市知识产权局、重庆药品交易所等机关企事业单位建立了良好的合作关系。

尚明生，1973年7月出生于重庆大足，先后在美国明尼苏达大学、美国罗切斯特大学、瑞士弗里堡大学做访问学者，2017年7月来到重庆研究院任大数据中心主任，大数据与智能计算重庆市重点实验室主任。尚明生带领大数据挖掘与应用中心致力于大规模数据感知与获取、存储与管理、分析与挖掘等方面基础理论、关键技术与应用系统研究，以国家与重庆经济社会发展重大科技需求为牵引，重点布局生态环境、智慧城市、医疗健康等行业示范应用。和团队成员一起，中心承担了包括国家科技重大专项、国家自然科学基金等多项国家级、省部级科研项目20余项，目前已建成"大数据与智能计算重庆市重点实验室""国务院三峡办三峡工程生态环境监测系统在线监测中心"和"重庆市生态环境遥感监测大数据应用技术协同创新中心"3个省部级创新平台。此外，还联合企业共建了"洛丁智慧城市技术研发中心""中科院重庆研究院-深信服大数据智能安全联合实验室"等研发基地。

赵洪泉，湖南湘潭人，2013年到重庆研究院工作，围绕量子信息技术对固态量子光源的开发需求，系统开展纳米金刚石NV体系的光量子学研究，取得多项有价值的研究成果。赵洪泉率先在国际上提出了衬底效应对低温零声子线的增强概念，从而有效压制声子带，提高零声子线Debye-Waller因子的问题。并首先利用高精度扫描双聚焦F-P腔干涉仪，测量纳米金刚石中NV中心的低温零声子线宽，获得了纳米金刚石NV体系中目前最窄的1.2GHz零声子线宽。从而为纳米金刚石NV量子点在量子光学中的实际应用提供了精确的数值基础。

陆仕荣，双博士，主要从事可印刷柔性太阳能电池材料及器件领域开展系统的研究工作，研究成果以第一作者或通讯作者发表于Nat. Commun.，J. Am. Chem. Soc.，Angew. Chem. Int. Ed.，Nanoscale等期刊。论文总他引次数1100余次，其中单篇他引次数超过450次，且被Web of Science选为ESI高被引论文和热点论文。研究成果曾被Science Daily，Science Codex等20多家国际主流科学媒体报道或转载，并被美国NASA、麻省理工大学、斯坦福大学、牛津大学等百余家科研单位引用。应邀担任J. Am. Chem. Soc.，Angew. Chem. Int. Ed.，Adv. Mater.等国际权威期刊的评审专家，并应邀在重要国际学术会议上报告多次。

石明全，智能工业设计中心主任，主要从事CAD/CAE及虚拟样机技术、数字孪生技术及其制造业应用等方面研究，已发表科研论文20余篇，专利2

项。智能工业设计是以仿真设计、优化设计为目的，通过机电系统设计，多物理场和多领域知识仿真，动力学和运动学仿真等手段，对工业产品及生产线进行升级改造，结合机器人方向开展运动学、动力学和控制系统的分析、设计和仿真；在此基础上，以机理建模为核心，结合虚拟现实、物联网、人工智能等技术手段，以数字孪生技术为应用框架，促进制造业的数字化改造和升级。同时智能工业设计中心为中小制造企业提供公共的设计技术服务，致力于低成本的产研协同模式探索。

王化斌，超分辨光学研究中心主任、重庆市高分辨三维动态成像检测工程技术研究中心主任、智能制造技术研究所研究员委员会主任、院学术委员会委员、中国生物物理学会太赫兹生物学会委员、中国光学工程学会太赫兹科学与技术专委会委员，曾获首批"重庆英才·名家名师"（2019年）和首批全国"太赫兹生物物理先进工作者"（2021年）等荣誉称号。其团队主要开展先进光谱及成像研究，在超分辨太赫兹光谱成像技术方面已处国际领先水平，已在PNAS、Small等国际重要SCI期刊上发表学术期刊论文80余篇，其中领域Top期刊论文近20篇。近五年，王化斌主持了国家科技部重点研发专项课题、国家自然科学基金、中央级大型科学仪器设备和中国科学院仪器研制等10余项竞争性科研项目，累计指导博士、硕士研究生近20名。

彭晓昱，1967年出生于江西，先后在德国、新加坡等国工作，研究领域包括基于飞秒激光泵浦的太赫兹辐射源及其应用、太赫兹波探测技术、太赫兹和红外波段的人工电磁结构材料、超短脉冲激光与等离子体的相互作用、激光电子加速和激光质子加速等。2014年来到重庆研究院后，彭晓昱筹建了强场太赫兹辐射源实验室，争取到第八届超快现象与太赫兹波国际研讨会承办权，作为组委会主席与其他同事共同努力，成功组织了这次国际会议。本届会议的成功举办，有利于国内外同行了解重庆研究院，了解重庆，增进在超快现象与太赫兹波领域国内科研人员与国际知名专家学者的相互了解及合作交流，进一步促进超快现象和太赫兹波科学研究向更广更深的方向发展。此外，本届会议的成功举办，对中科院重庆研究院在上述领域的科学研究、人才交流和人才培养、科技成果转化等方面将起到积极的推动作用。

裴得胜，男，研究员、博导，中国科学院"BRJH"A类入选者（引进国外杰出人才计划，2013）、重庆市科技创新领军人才（重庆市高层次人才特支计划，2017）、重庆市第三类高层次人才（2019）、重庆市突出贡献中青年专家（专业技术人才，2020），曾任中国科学院重庆院环境与健康研究中心主任、中国科学院水库水环境重点实验室副主任、中国科学院重庆研究院三峡生态环境研究所副所长。目前主要从事环境污染物监测、环境污染物毒理学研究和环境污染物的致癌机理研究。

王德强，智能制造技术研究所所长，单分子技术中心主任，提出非天然的、人工合成纳米孔的新型加工方法及其相关的测量技术（Nanoscale 2014）；利用HIM制作出直径为亚5纳米的石墨烯纳米孔阵列，并能够成功区分出四种均聚物的不同（Nanotechnology 2017）。首次在金衬底上制作出三维的火山口纳米孔（JVSTB 2018）。在单分子尺度DNA的测序技术应用方面，提出通过纳米孔表面分子修饰、反馈电路和改变电解质黏度等方法减慢DNA穿过纳米孔的传输速度（SREP 2014）；利用纳米孔实现对神经毒气水解物的超低浓度检测（SNB 2009）。已经申请和授权了18项美国专利和10项中国专利。

何石轩，从事拉曼光谱分析方法，单分子检测技术方面的研究。

陆文强，河北衡水人，2013年来到重庆研究院既从事管理，又从事研究工作。

边万平，曾从事均一化全长cDNA文库的构建及EST序列分析，对RNA、DNA的提取、cDNA的合成过程熟悉，积累了大量的基因分析克隆、载体构建等相关经验。

……

这样的名字还可以继续列举很多。

这样的故事也还可以讲述很多。

但这样的坚守之外，还有很多需要机缘的合作。

"三军医大的一对夫妇，研究生物医学的，研究和实践都不错。当时，我们已经谈得差不多了。研究院准备专门成立一个新的中心，让他们夫妇俩都来，但过了很长时间，他们都到不了位。后来一打听，才知道他们在和我们接触的同时，还在和贵州方面谈，应该是那边开出了更好的条件，他们最终放弃了我们。"袁家虎介绍，"在生物医学这方面，我们原本是想做一个国际最高水准的中心，所以还联系了澳大利亚的一个院士，搞生物医药的，叫威廉姆斯，在业界很有影响力。双方的各种条件都谈好了，他每年可以来重庆工作四个月。我觉得也不错，虽然只工作四个月，但我们可以以他为主任成立一个中心。有这样的人来带领这个中心，是可以出科研成果的。但是现在因为疫情的原因，他来不了，我们也去不了。这件事看样子有点悬了……太多的未知因素，都影响我们人才的引进，需要机缘。"

别人开的条件好，是可以理解的。但更有甚者，却投机取巧。

"我们还招录过一个人，做心脏起搏器里面的一个部件。也就是相当于做起搏器的发电机。原来的起搏器，需要几年换一次电池，他的这个研究使用纳米技术，不需要更换（电池）。这项成果，很容易实现成果转化，不仅能减轻患者的痛苦，还可以减轻患者的经济负担，所以我们很看好他，都已经着手准备给他申报人才计划了，就想着给他更多的支持。他呢，当时已经到了我们重庆研究院上班了，也开始在做实验了，但却始终不去完善入职手续。我看他日常工作呢，是在做，可又好像没有专心做。过了一段时间后才发现，他已经在北方一所大学申报了人才计划。很明显，做了'脚踏两只船'的事儿，而我们还蒙在鼓里。"袁家虎说。

招到人才难，留住人才更难。

"这就是我们一直说的用人生态的问题。"袁家虎介绍，"研究院来来去去的人很多，其实，这些在科学研究领域都是常态。但如果某一方面的领军人物离开，无疑会对其他的人产生或多或少的影响，会'动摇军心'。"

肖云，一直从事人事工作。

2012年3月加入重庆研究院之前，在企业担任人力资源高管。

孩子读书、配偶就业、亲人就医，这些现实的问题，肖云都会想办法努力帮科研人员协调解决："总的来说，每个科技工作者如果家里出现困难，我们都会尽力协调解决。但要从形成长效解决机制的角度来说，还有很长的路需要走。"

"我们是一个年轻的院所，给了很多年轻人发展的平台。"肖云介绍，"开放、多元、包容，是我们一直在营造的人才氛围。"

既要正确对待人才流动的常态，又要正视西部地区引进人才的困难，是重庆研究院，更是整个西部地区需要长期面对的问题。

就在本书完稿的时候，中国共产党重庆市第五届委员会第十次全体会议召开，通过了《中共重庆市委关于深入推动科技创新支撑引领高质量发展的决定》和《全会决议》。

全会指出，党的十八大以来，习近平总书记围绕实施创新驱动发展战略、建设创新型国家提出一系列新思想、新论断、新要求，为推动科技创新提供了根本遵循……当前，新一轮科技革命和产业变革加速演进，谁牵住了科技创新这个"牛鼻子"，谁就能抢占先机、赢得优势。重庆正在谱写高质量发展、高品质生活新篇章，对科技创新的需求比以往任何时候都更加迫切。

全会还指出，建设具有全国影响力的科技创新中心，是党中央综合分析国内外大势、根据成渝地区具体实际作出的重大决策部署，有利于优化全国科技创新版图，有利于服务构建新发展格局，有利于形成成渝地区双城经济圈的支撑力量，有利于推动重庆高质量发展。建设具有全国影响力的科技创新中心，重庆拥有国家战略定位优势、特殊区位优势、产业基础优势、良好生态优势和大数据智能化先行优势。

……

2021年5月，中国西部（重庆）科学城正式获得授牌。

重庆市委、市政府将举全市之力、集全市之智，建平台、兴产业、聚人才、优环境、提品质，全力打造"科学之城、创新高地"。

这一天，袁家虎盛装出席了挂牌仪式。

他知道，中国科学院重庆绿色智能技术研究院又站在了新的历史起点上。

他也相信，有了中央的重视，重庆市市委市政府的支持，无论是高端人才引进、学科建设，还是科研成果转化，研究院自身发展，中国科学院重庆绿色智能技术研究院都会取得更加让人瞩目的成绩。

智者不惑从者明

与智者对话，始终是一件幸福愉悦的事情。

与智者对话，却又是一件劳神费力的事情。

幸福愉悦，是因为智者的语言会给你带来新的思维启迪。

劳神费力，是因为智者的语言会让你产生更多新的思考。

……

ten years
zero to one

CIGIT，CAS

4

与智者对话，始终是一件幸福愉悦的事情。

与智者对话，却又是一件劳神费力的事情。

幸福愉悦，是因为智者的语言会给你带来新的思维启迪。

劳神费力，是因为智者的语言会让你产生更多新的思考。

于是，我们专门把这些对话摘录下来，一起感受科学家和科技工作者的智慧。

当然，排名，是不分先后的。

徐青

原重庆市科技局党委副书记

作者：您作为一名科技工作者，在中科院重庆研究院的筹建过程中，付出了很多的心血和努力；同时您又一直在重庆科技主管部门工作，作为这方面的领导，参与和见证了重庆研究院十年的发展。您怎么看待重庆研究院这十年的发展？特别是在科技成果产业化转变的过程中，这样的探索有什么样的意义？

徐青：十年里，中科院重庆研究院在重庆，或者是更大的范围内都产生了不错的影响，作出了不可磨灭的贡献。有一些成绩，对重庆整个创新工作的影响和带动，起了很大的作用，这是值得肯定的。比较典型如石墨烯、人脸识别、三峡生态环境监测等。有人说石墨烯，在研发上确实是做得很好，但是产业化过程中的布局布点，始终还是有些不足。我们搞科研管理的人深知，要解决产业化的话，有一个距离。在要求科研成果转化的过程中，不能要求它马上就转化为经济效益，这不是一种科学的态度。肯定还有更深层次的问题需要进一步解决，这不是一天两天的事情。要辩证地看，要以科学的态度来看这个问题，不能说由于没有转化好，没有产生真正的经济效益，就否认他前面的努力。

作者：在普通人眼里，"科学家"是一个神圣的称谓，所以对他们也有了更高的要求和期待。您作为科研管理方面的领导，跟科技工作者们有很多的接触，您可否结合重庆研究院发展的十年谈谈他们的研究成果和转化？

徐青：科技工作者研究科技成果及其转化是一个系统工程，涉及诸多因素。有些东西，发明出来，马上可以生产，那就可以很快变现。但有些东西，不是很简单地就这样解决。中科院重庆研究院发展十年研究了一批科技成果，也得到了不同程度的转化。

如人脸识别，研发应用得非常好，还成立了云从科技这个公司，把它变成了现实的生产力，是一大工程。再比如三峡生态环境监测这一块，解决了水变质，环境被大量污染，影响气候的大问题，作出了积极的贡献。我们要以科学的态度看待科技工作者的劳动，看待科学研究的成果，看待成果转化的效果。

作者：虽然近些年重庆的发展取得了十分可喜的成绩，但毕竟地处西南，底子薄，经济发展与沿海发达地区仍然存在一定的差距，所以在吸引人才，留住人才方面的难度更大。特别是在营造人才在这里生存下去的生态环境的建设方面，就更显得十分重要。您作为主管科技工作的领导，有些什么样的感触？

徐青：扩大到我们全市的人才引进，我觉得有一块国字号的牌子是一个方面，更重要的是对科研人员的支持和优惠的政策力度。重庆直辖之后，虽然有突飞猛进的发展，但基础还是比较薄弱，毕竟处在欠发达地区，而且又在西部，拿什么去和沿海地区去比？举个例子，有些地方就说，你看我们刚刚引进一个人，什么都谈好了，结果沿海一下子就把他挖走了。我说你们想过为什么没有，沿海地区思想开放、解放，经济条件、环境的营造，很多地方都比我们强得多。既然是这样，我们就应该有比沿海更加吸引他的一些东西，一些政策，去把他引过来。这个就要求我们有更多的环境营造，生态营造，和一些更加优惠的政策。

所以我们一定要制定更多的优惠政策。首先要把沿海地区的政策研究透，我们需要哪些人才，要根据实际去制定。重庆研究院的现阶段需要那些高端人才解决现实问题，要根据你的实际需要去制定特有的政策，才能把这些人才引进过来。

王学定

时任中国科学院成都分院分党组书记、常务副院长，现任四川省第十
三届人大教育科学文化卫生委员会主任委员

作者： 重庆研究院发展的十年时间里，您是十分清楚其历程的，可以说
既是管理者，又是旁观者，那么从这样一个角度来看，您认为这十年中，重
庆研究院在哪些方面是需要提升的？

王学定： 重庆研究院是中国科学院在西部地区与地方政府等共建的唯一
研究机构，在重庆市政府和国务院三峡办的大力支持下，以袁家虎同志、高
鹏同志等为首的领导班子带领广大科技人员齐心协力，出色地完成建设任
务，取得了骄人的成绩。特别是在2014年10月的建成验收会上，得到中国
科学院、重庆市、国务院三峡办领导的高度认可。2018年11月，成都分院
建院六十周年，我们在前50年发展历程的基础上，筛选总结2009—2018年
期间的十项重大科技工程，十项重大科技产出，十项有代表性的院地科技合
作项目；其中共建重庆研究院、国家重大科技基础设施高海拔宇宙线观测
站、成都分院新园区建设、国科大成都和重庆学院建设被列为前四项重大科
技工程，重庆院的石墨烯关键技术与制备、人脸识别与计算机视觉也列入重
大科技产出与有代表性院地科技合作项目等等。综上所述，十年间，重庆研
究院从0到1，步伐走得很艰难，但反过来说，有很多方面还值得进一步努

力去提升。

第一，在这些年的发展过程中，为了快速发展，在人才引进和学科方向设置方面，好像有些不够集中。就是说，重庆研究院为了尽快发展，也吃不准到底哪个技术领域最终能够发展得更好。虽说大的领域方向比较明确，但毕竟起步阶段还是在摸着石头过河，现在已经发展了十年，在未来的发展方向上应该更加明确。

第二，就是一直缺少一个或者几个重大项目。我指的是，需要一些承担国家级的重大项目的牵引，以它为依托，产生更大的辐射影响。

第三，就是在产业方面，缺少有经验的人才。在成果转化方面，真正有影响力的还是凤毛麟角，还是不够。所以应该说就是需要一些懂得产业化的人才，或者说叫做创新性的复合人才。

第四，重庆院的人文生态方面需要进一步地加强，或者说是在管理方面还有待提升。重庆院的科学家，大都来自于五湖四海，特别是海外回来的比例高，科技人员非常年轻，是一个全新的单位。全新的单位有优势也有弱势：好的一面是没有条条框框；弱的一面，就是大家很难形成统一的文化认同。统一思想，需要一个过程，否则，这个地方的文化就会显得有点"五湖四海"了。所谓"五湖四海"就是这个觉得这样好，那个觉得那个好，在共识和目标方向集中度不够。

作者：对于重庆研究院未来的发展，您认为有哪些机遇？

王学定：首先呢，我觉得还是要"不忘初心"。这个初心就是以科技创新为魂、为重庆市经济社会发展，乃至于为西部地区服务为本。这个服务定位应该是重点解决发展中关键技术的问题。看似这个话很宏观，但这个宏观，如果真的想不通，想不透，就有可能是什么方面热，就走到什么方面去了。

解决了初心的问题，然后就是要抢抓三个机遇。

第一个机遇，是抢抓国家在十四五规划和2035年远景规划中的这个机遇。这一次把科技创新提高到了前所未有的地位，科研单位发展中的春天来了。

第二个机遇，就是成渝地区双城经济圈的建设。双层经济圈的建设，特别要结合目前中央提倡的国内循环为主，国内国际双循环。最近国家出台了成渝双城经济圈的发展规划，是把重庆作为能够辐射带动西部地区3亿人口的这样一个市场的角度来定位的。

第三个机遇，从讲政治的角度上来说，绿水青山就是金山银山。长江经济带建设要共抓大保护、不搞大开发，不是说不要大的发展，而是首先要立规矩，倒逼产业转型升级，在坚持生态保护的前提下，发展适合的产业，实现科学发展、有序发展，高质量发展。这就要求在三峡生态环境监测和产业发展方面，进一步找到新的发展空间和机遇。

这三个机遇之外，还有一个重庆研究院自身带来的机遇，就是中科院和重庆市共建国科大重庆学院，这是科教融合过程中最好的一个方法，解决了人才的供给，人才的培养，科研科技产业的结合等问题。

高鹏

时任中科院重庆研究院党委书记、副院长

作者: 您到重庆研究院工作的几年,是从零到一的几年,现在回想起来,哪些工作是最艰难的,也是您感触最深的?

高鹏: 最大的难处还是人才匮乏。

这么多年我在计算所管人事,后来到国科大,重庆研究院等,觉得还是人才的稀缺,特别是重庆地处中国西部,在这个方面体现得就更加明显。

当然,这里说的"人才"指的是"杰出人才"。

其实人才呢,我个人认为他的标准是绝对的,而不是说他在北京不是人才,在上海不是人才,到重庆就是人才了。这与经济水平完全不一样。这个标准的"绝对",不因地域经济发展水平的差异,然后挪一挪他就是人才了。

科技领域人才,流动起来太容易,我总结就是单位属性比较差。这个地方我不高兴了,挪个地方很容易。在人才吸引的竞争之中,西部本来就是劣势,有时候好不容易出个人才,都被"孔雀东南飞"了,这个趋势永远存在。东部地区对西部地区,发达国家对发展中国家,发达地区对欠发达地区,人才的"逆流动"本就是常态。

在我们重庆的话,你要有一些杰出人才是很不容易的。所以应该对潜在人才要"好一点",营造一些好的环境,给他们充足的营养,帮助他们成长。

重庆院这方面，还是吸引了一些这样的优秀年轻人，至少给了年轻人更多的一些资源，更多的成长机会，而且为今后发展给了更多机会。所以很多有潜力的年轻人，在这个平台上都做出了一些成绩，这为重庆未来的科技发展做了很好的沉淀。

作者：在"挖人"的过程当中，按常规的理解，无外乎薪酬待遇，对研究课题的支持，也就是科研环境。除了这两点之外，还有没有一些其他的，就是您在北京找人才，或者在重庆找人才，它们之间的异同点？或者说除了我们表面上能够看到的之外，还有没有什么内在的东西？

高鹏：北京这块，实际上是个庞大的体系。人才毕竟是有些存量的，如果自己进行人才培训，总是有些愿意留在这里，而且基数大了以后，留下的人也会更多一些。在我当管理学院院长的时候，觉得别"近亲繁殖"，就是别留自己的学生，从外面招。但后来逐渐放宽了，为什么摒弃这个观念，就是发现自己培养的学生比外面招的要优秀得多，至少是好用，于是干脆就允许一个老师留一个学生在身边。就是说这种人才的可获得性总是有的，毕竟这个平台有那么多老师嘛。学术也是个圈子，也有个网络，互相之间可以推荐。比如管理学院就有很多是清华推荐过来的。

所以呢，我觉得人才工作的话有两点，第一个就是你的事业平台要有吸引力。这个归根到底，就是科研条件要好，待遇要好，这些是必要条件。

第二个就是生存条件，最重要的就是以人才吸引人才。这是一个氛围，比如说我们生活在大都市当中，就想回到有山有水，不那么拥挤，不那么喧闹的地方，我们向往这样的环境，只是一种田园情结。但实际上你真的到了那个地方，生活的时间长了以后，你会反过头来羡慕大都市的生活。这个怎么讲呢，就是"人是人的生存的一个必要条件"，意思就是你想居住的地方，光有山有水还是不够的，你身边还要有人。

人才，也是这样的，待遇好，条件好，这是一方面的因素。但是最重要的，是他身边要有同类。他能够交流，也需要交流，这样在那儿才能够待下去。换句话说，就是人才的身边聚集的也是人才，以人才吸引人才。

从这个角度说，重庆院是从零起步，在没有第一推动力的时候，就比较难了，你不能总去靠领导的感召力来吸引人才。当然，当人才到了一定规模以后，自然而然就会发生一个聚集效应，就是说一个单位发展到一定规模以后，它再发展就反而会更快。

但是创业初期是非常难的。一个创新的想法出现的时候，还是要互相激发，还是要有同类在一块。

这个既是生存的条件，也是创新的条件。

作者：您谈的这个话题，其实已涉及到人文学科的很多理论了。

高鹏：对，人才的吸引，也要有生态，有氛围。

一些人从学校学成出来，对工作环境的选取，会有一些特殊的需求，有自己的心理定位，他对身边的环境，对身边的同类都是有要求的。

人与人内在的精神会有差距。每个人的灵魂都需要营养，需要文化氛围，需要身边的同类在同一频道上，大家有感情上的共鸣，有思想上的共鸣。就是说，只有他们的智慧在同一个水平上，两个人才能够有交流。

作者：其实不仅仅是重庆研究院面临怎么引进人才的问题，而是涉及整个经济欠发达地区、西部地区对人才留存的问题。把他吸引来或许很简单，但是怎么样把他留存在这个地方，需要什么样的生态环境，这就是更深层次的问题了。

高鹏：对，他要生根发芽。

首先是事业的感召力，这是第一位的。因为重庆院是中科院的单位，自然而然地就吸引而来了，这就是一个平台的感召力和吸引力。

第二个就是事业的吸引力。我觉得现在整个大环境，在事业的吸引力方面，还比较抽象，不具体。比如说当年搞"两弹一星"的时候，那些大科学家们，把所有的个人利益全放弃掉了，基本上就是不讲任何条件的。无论是从国外回到国内，还是在国内离开北京到大西北去，参与到"两弹一星"的工作当中去，科学家们都是毫不犹豫。现在我们泛泛地讲科技创新，但是缺乏类似这些前辈科学家所具备的比较大的干事业的精神。为什么有一些大的工程非常重要，大的工程才能够凝聚一批人，建立一支队伍，激发干事业的激情。

所以我们要着力的是，一定要寻找有战略思维的科学家，能够去找项目，能够选择方向。投入确定资源以后，靠大项目去凝聚一支比较大的队伍。中科院其实是有条件的，比如说三峡，是有很多科技支撑的。研究的过程当中，专门成立了三峡所，其实就是想把三峡库区的生态环境问题，作为研究的主要方向。但立项的时候有没有大的科研项目，能不能提出大的科学问题，这个时候需要有战略思维的大科学家。通过大科学家来带动一些年轻人参与到这个项目当中，这样在整个项目的推进过程中，一方面可以解决三峡库区生态环境的科学问题；另外一方面能够培养带动一批年轻队伍。

这也就是前面说的人才吸引人才的问题。

作者：您觉得通过这些年的发展，重庆研究院作出了一些探索，那么下阶段重庆院还可以从哪些方面发力，走得更远更好？

高鹏：我觉得重庆院要走得更远更好，首先还是平台建设。

第一，平台建设先要投入。投入是多元的，既有国家层面的投入，又有中科院的投入，政府也要有投入。未来要具象化一点，比如筹备国家重点实验室的建立。

第二，要看准方向。看准方向主要体现在科学问题的提炼上，需要一些更高水平的顶层设计。现在很多地方科研是靠科学家自由选题，基本都是走到什么程度算什么程度。基础研究可以这样做，但是面向产业转化发展的研究，顶层设计就非常重要。

第三，加强跟社会各界的互动。重庆院做了一些探索，在跟重庆地方政府、重庆企业的互动方面都做得不错。但是在创新能力这方面，重庆院却相对欠缺、落后一点。当然这不仅是重庆院存在的问题。我们现在经常讲科技创新，其实还是创新能力不够的问题。创新能力不够不仅仅是政府投入不够，还有创新人才稀缺等问题。

第四，对科学要有耐心，对科学家要有耐心。因为科技创新，凡是急功近利都是不成的，它是一个漫长的积累过程。一个国家的科技发展水平的提高，科技人才的成长，都需要一个过程。

另外，我们科学院有一个很好的传统，就是在创新过程当中培养人才，人才参与创新，二者紧密结合。科教融合这方面，科学院也有比较丰富的经验，这些都必须要好好地坚持下去。所以现在国科大重庆学院，要跟重庆大学等各大学多一些互动，共同建立起一个人才培养平台，通过人才队伍积累，为未来科技创新打下一个坚实的基础。

作者：重庆研究院在科研成果转化方面，做了很多探索，有的很成功，有的不成功。科研成果要转化为产品，又由产品转化为商品，其过程之中会迎接不同的考验，有很多不可控的因素。您对鼓励科学家创业有什么样的看法？

高鹏：科学的逻辑跟商业的逻辑是两条线的事情。

既要懂得科学研究，又能尽心经营商业，这种人才太稀缺了。所以不管对于哪一个方面来说，都需要一个团队，形成知识的互补。特别是社会分工越来越细的今天，要想在这个社会上达到超额回报，你必须是要有特长的，这个特长，就是专业。特别是商业运营的过程中，需要组织各方面的人才搭建团队，形成一个有机的整体，这就需要你有组织搭建能力，文化建设能力。

重庆院在进行科研成果转化的过程中，周曦、史浩飞、郑彬等人都进行了不同的探索，但又都有各自的特性。综合整个中科院各个院所成果转化的案例来看，他们的探索都不具备规律性，不能总结一套完整的模式去推广。因为科学研究和商业运营，都会受到各种因素的相互影响。但相对而言，组织能力、团队构建能力、适应市场能力强一些的人，转化效果也就好一些。

社会环境发展很快，商业实践太丰富多彩了，大家都在探索，我们能做的，就是多进行复盘，为未来的发展积累一些经验，吸取一些教训，少犯错误。包括你现在写这本书，实际上就是明晰一个前进的方向。对于这本书，不要去树碑立传，还没到那个程度。或许将来，这些成果会成就一些独角兽企业，但真的出现这种现象的话，一定会是有规律可循的。但我们现在的结果，其实都是偶然的，还没有达到成果集中爆发、人才集中的场面。我觉得，现在孜孜以求的，是我们都在路上，我们还在探索，我们这代人可能注定就是为中国未来打基础的一代人。

史浩飞

中国科学院重庆绿色智能技术研究院研究员

微纳制造与系统集成研究中心主任

重庆墨希科技有限公司首席科学家

作者：您在石墨烯研究方面取得了重大的成就，也是在科研成果转化方面给重庆研究院带来两个亿投资的项目主导人，谈一谈在项目转化过程中的一些感悟。

史浩飞：坦白地说，现在企业的发展还在起步阶段。在从产品到商品的转化过程中，总会遇见一些障碍。我们要把科学成果变成技术，把技术变成产品，再把产品变成商品，这一过程中，我们技术的成熟度在不断提高，最终才会到应用领域去。

我们注重技术，但商业还需要运营。所以在怎么规划产品，怎么把这个产品卖出去更赚钱这些方面，我们走了不少弯路。比如说生产这个东西，花了一块钱卖一块一，那这个企业就能继续运转，而且越转越大；但如果说生产一块钱卖九毛，那我技术越成熟，生产规模越大，亏损得就越多，死得也越快。这就是在整个产业化和商业化探索道路中，我们所走的弯路。

商业是不要最好，但一定要最高性价比，也就是说我付出的价格和我得到的性能，一定是最大的性价比，这样才能获得最大的受众，也才能赚到钱，确保企业继续运转。而科研思索的是技术要最领先，但技术好也不一定赚钱，甚至有可能亏钱。

所以说科学研究的思维，和创业经营的思维，整个思考逻辑，都不是在一个逻辑层面上，不是一个维度。

在这方面，我们还是进行了很多探索。比如周曦是离职创业，在企业里他亲自担任CEO，负责整个企业的运营，这样也更考验他的企业思维能力。但我的身份主要还是在中科院，技术为主，企业运营方面，是靠别人在运营。我们走出了两种不同步伐的探索之路，在股权合作、技术服务等方面，运行模式完全不一样，但都有可吸取的经验和教训。

作者：石墨烯研究从技术层面，取得了很大的成功，但在商业变现的方面，却还一直处在探索阶段，但是这过程中，我们取得了哪些进展或者说是成绩？

史浩飞：2015年前后，我们在原材料制备上取得了重大突破，但紧接着又面临一个问题，就是谁来买这个原材料。也就是说石墨烯生产出来了，到底卖给谁？这个问题到现在还没有解决。而且不光我们没有解决，就是整个行业，包括中国的，乃至全世界，现在都在努力解决这个问题。我们在这里面在最前面冲着，总在尝试和不同的领域进行结合。

我觉得就是我们一直在往前走。通过这么多年的不断尝试，逐渐把基础打得比较牢固，团队也成型了。最近几年，在国家重大需求方面取得了一些进展。过去这些年一直往前走，并且未来会继续往前走，希望通过有价值的研究工作，来为我们国家的科技创新事业作出一些力所能及的贡献。

郑彬

中科院重庆研究院机器人北斗导航工程技术中心主任
中科万勋智能科技(苏州)有限公司董事长
国科大重庆学院机器人与智能制造学院副院长

作者：您一直作为重庆研究院机器人研究团队的主导者，后面又主导创办了中科万勋智能科技，对于科学家创业一定有自己独到的认识，请谈一谈。

郑彬：中科院这么多好的技术，国家投了这么多的钱，这么多科研人员花大精力进去进行研发，如果这些成果出来以后，把它放在边上不做转化，过个几年，实际上就失去了技术价值。比如说我们做的机械臂，2012年、2013年的时候可能还算先进，但到现在去看就是"机械臂烂大街"，所以如果不转化，我们的研究就没意义。

当然，转化的力度也受地域的限制，在重庆做出来，关注的资本少；在沿海地方，关注的资金会更多一些，可转化的可能性也就大一些。

但反过来，把产品做出来，为企业服务；企业拿这个东西，怎么去开拓市场，在什么市场去发力，应该有一帮人去做这个事情。但一直以来，更多的科学家只是根据自己的兴趣爱好去做研究和开发，而没有把我们的想法告诉投资方，没有去找这种企业家，所以说，最后就成了自己小众玩的东西。

说到底，就是技术转化为产品，然后成为市场认可的商品，需要一个结合。

有时候我们团队的科研人员说，你看某个公司又拿了这个想法做机器人，我们以前做过呀。看后发现的确做过，但也就只能这样了。说到底，就是没有形成一个良好的转化机制，其实就是我们的研究在这个领域已经提前了几年，但没有人来发掘研究成果的应用。

创意是有时效性的，过了时效性，有可能就没有那么大的价值了。

多了几个这样的案例以后，我们发现，其实以前有很多的机会放在我们面前，但都被错过了。所以后来想着可以去做这方面的尝试，于是建立了中科万勋智能科技公司。

但真正做起来，才发现当时出去创业的想法还是比较天真，觉得自己技术好，公司就能运转。当时我们整个创业团队只有技术人员，缺乏市场开拓、法律监督、公司管理方面的人才，几年做下来，最大的感触就是科研人员创业不是那么容易的事情。

创业的主体，不应该是科学家，而是应该有一个专业团队。科学家只去做技术支撑的板块，这才是科学家的专长。

我们现在处境就是，原先是做技术团队进去的，到现在不得不接手管理，整个管理都要接手过来。按理说这事应该有一套成熟的流程来配合我们做这个事情，但是最后因为整个体制还不成熟，缺乏管理经营等专业知识，再加上自己也比较天真，所以在市场上经常也是被骗得一愣一愣的。而且我们这些搞科研的，熟悉的环境就是学校、科研机构，现在在公司里面，需要直接面对社会，成为做生意的一部分，才发现原来很多想法都太天真了。

创业能成功的，你看他的团队，一定是搭配得非常好的。

我们在这个探索的过程当中，有人来教你怎么来做这个创业没有呢？没有。以前科学家总觉得，我的技术一流，创业肯定就没问题。当然你真的做到一流的时候，自然有人来帮你做转化，但是大多数时候来说，我们的技术并不是一流。创业的过程中，公司要生存，是由市场决定一切。当然有两种情况，你的产品的确很独特，有人来不断地给你"烧钱"，但是最终你还是得靠盈利来维持公司的运转。另一种就是靠实际的订单产生利润，支持整个企业走下去。

我们现在走的是第二条路。目前还不是炒资本的时候，我们还是在做实验。所以这样做的话，市场销售必须要给力，反应速度要给力，服务制度要给力，管理体制要给力。从去年开始，我们技术开发还是蛮快的。这个时候就存在另一种力量的不足，不能只依靠重庆院里面的技术资源来做这个事，还是要市场资源。市场资源就是你对人才的需求，不是招一个人，就完全符合你的要求，这是一个筛选的过程；接着又存在工程管理，制度建设，不是你套用中科院的科研管理制度就能解决的，得有生产管理制度、销售管理制度；制度建完了，那你执行的人呢……

作者： 创业的过程，企业发展的过程，是一个大浪淘沙的过程，不断地有人在被淘汰。所以，需要帮助、辅助、教导企业的管理和运营，提高创业成功的可能性。

郑彬： 这是一个不断探索的过程。需要思索怎么让成功率更高一些。假如一位科学家创业失败了，他可能以后就再也不会创业了，或许还会对这个科学实验都失去信心，这是不是一种浪费？我觉得是。为什么说是一个不断探索的过程？是因为没法照搬美国、德国的，各个国家有各个国家的国情，而且人的思想也不一样，传统也不一样，那么做法肯定也是不一样的。

陈永波

中国科学院重庆绿色智能技术研究院党委副书记、纪委书记

作者：您作为研究院党委领导，又从事过多年人事管理工作，能否谈谈您对重庆研究院人才工作的一些感触。

陈永波：首先是感动。家虎院长放弃在成都相对优越的生活条件，和同样放弃在北京的生活环境的战超、高鹏等人来重庆创业，为推动重庆科技事业的发展，做出了很多努力。对于外地人而言，对重庆的高温，适应起来还是很难，特别是建设初期，实验室简陋、住房紧张，很多人放弃了国外的优越生活，他们在艰苦的条件下开展科研工作，投身到重庆的科技事业发展之中，让人感动。

应该说重庆研究院研究的科研人员都还非常年轻，平均年龄才30多岁。年轻，意味着有活力，有冲劲，有想法，干劲十足；但同时也意味着经验不足，会有失败，会有挫折。但这样一个团队，正在沉淀，有科研积淀，有人才培养的沉淀。这批年轻的团队，有了十年时间的磨合，正步入干事创业的最好年龄和时代，所以，重庆研究院的未来是可期的。

正因为他们身上的这种精神，深深地感动了我。同时，也让我看到了重庆研究院发展的潜质。作为我国西部唯一的一个直辖市，重庆在科技资源配置上相对薄弱一点，但也正是由于这种相对的薄弱，才给了我们这帮科技工

作者一个施展自己才华的舞台，为更好地发挥各自的才能提供了更大的空间。所以无论从人才队伍建设结构上来说，还是从现有的科技成果产出方面来说，重庆研究院在中科院系统西部地区来说都相对是比较好的。

作者： 您是纪委书记，在我们常规意义的理解上，纪委书记管的有政治纪律、经济纪律等，但在重庆研究院这样的科研单位，有些什么样的不同呢？

陈永波： 按照党的要求，纪委的职能叫监督、执纪、问责。贯彻落实中央和中央纪委关于全面从严治党、党风廉政建设和反腐败工作的精神和决策部署，履行全面从严治党监督责任。具体工作包括对落实中央及中科院党组部署安排和巡视反馈意见整改情况开展监督；协助党委落实党风廉政建设责任制各项规定，组织逐级签订个性化党风廉政建设责任书，督促落实"一岗双责"；出具党员、干部党风廉政情况或廉洁从业情况的意见；建立完善落实中央八项规定精神长效机制，坚决整治形式主义、官僚主义等突出问题；组织开展纪律教育和警示教育；开展日常监督、长期监督和重点监督，紧盯重大工程、重点领域、关键岗位、关键少数，强化廉洁从业风险防控；组织开展信访处置和执纪审查工作，实事求是运用"四种形态"等等。

除了这些基本的职能职责之外，我们又是一个科研机构，科研活动是我们的主体。所以最严重的一种不端行为就是科研道德不端的问题。这几年纪委在这一块下了很多功夫，包括科研道德委员会的成立，通过组织宣讲，反面典型案例，常教育，常警示，让大家从思想上能树牢这根红线。

韦方强

中国科学院重庆绿色智能技术研究院党委书记、副院长

作者：您是2015年3月到重庆研究院任职，相当于来的时候研究院已经建立四年时间。来了之后所看到和感受到的，和您想象的是否一样？

韦方强：新的机构面临的问题，是老单位想象不到的。

首先是在项目争取上。把一个项目交给老研究所，大家觉得理所当然，因为都不会认为老所没有能力来完成这个任务。但是新研究院就不一样了，一个新建的研究机构，大家对你不了解，同样的情况下，肯定对老所的信任要多一些。这方面的问题，比我想象的还严重。新所各个领域都是新人新面孔，国外招聘了很多人过来，更是新面孔，在这个领域大家见都没见过，推动起来肯定要困难很多。

第二个是在组织体系上。科研项目怎么组织？怎么完成任务？新所里面这些年轻人，也面临很大的困难。因为在国外都是跟着导师做，自己没有独立担任过主导角色，所以科研组织上的问题，也需要花很多功夫来处理。

第三个是跟地方政府、企业的接洽沟通方面。比如成都分院下面的研究所，很多对外的行政事物，都由分院替代了，研究所实际上很少参与地方行政上的工作。重庆研究院，必须服从重庆市委市政府的领导管理，经常和各局委办、各企业打交道，行政事务性的工作很多。

最重要的是文化没有形成。老研究所，在长年的积累中形成了一种单位文化，在我们这种新建研究所，文化没有形成，这时候就是各种文化交汇碰撞的时期。我们的人员组成很复杂，有高校过来，有企业过来，有政府过来，有很多从国外回来，但又是来自不同的国家，欧洲的、美国的、日本的、澳大利亚的……各个方面的人，这么短的时间内汇聚到这个地方。因为每个人在他原来的环境里面，都有他的文化，都有他原来单位上的管理机制，他在那种体制机制和文化下工作、学习，就会有原有文化的烙印。到这里来以后，文化上总有一些差别，就造成各种思想碰撞交融。没有形成文化的时候，要把不同文化背景的人引到一个主体文化里面去，进而形成重庆院的创新文化，这是挺难的一个事情。

作者：要把来自世界各地的科学家们组织到一起，还要形成一个和谐的生态，这需要大量的工作。

韦方强：一个个独立的个体怎么融入到研究所的整体里面去，这个时候他要找准自己的位置。那么在你的研究所里，在科学体系的设计和领域的布局上面，你要考虑到他个人在这个体系里的位置。每个人是一粒沙子，但是这些沙子聚起来要拼成一个什么样的图案，每一粒沙子在里面处于什么样的位置？这个是我们管理人员要去做的工作。来了很多人之后，这个人能干这样，那个人能干那样，如果没有一个组织体系，它就是散的。人在里面，就很难定准自己的位置。我们就是从这个方面来梳理研究所学科的体系和研究领域的布局，通过这方面来协助科研人员都能找到自己的位置，能够把自己的定位定准。

另一个花费精力较多的工作，就是给大家"灌输"一种思想。科学院的人，我们把他分成三个序列的人。

第一个就是科研序列，在科研一线从事科技创新。

第二个就是技术支撑序列，为科研人员提供技术支持。

第三个是管理序列，管理研究所运行，为科技创新提供服务。

这就是科学研究院的三条线。大家没把这个关系搞清楚的时候，这三条线的人是有矛盾的。我们需要花很大的精力，来解决这三条线的人的平衡问题。科研人员会觉得其余的两条线的人都是没用的，都是自己在前面去找项目找经费，来养这些人，于是他就看不起那两条线的人。那么做技术支撑的人，他又说我天天做技术服务，最后都给你做嫁衣了，甚至我连名字都没有。管理人员里面，很多人的官本位的思想还是有的，觉得你们这些人不服我管，都有个性。

一段时间内重庆院这三条线的矛盾是很突出的。我们利用创新文化把这些融到一起来，所以不管是干部会上，还是组织生活会，还是在私下聊天，就经常给他们灌输这种思想：三条线是一个整体。我们就是一个足球队，科研人员是前锋，技术支撑是前卫，管理人员是后卫。后卫就是负责大门不失。踢足球，这三条线要保持一个比较平衡的状态，才能够把球踢好。相互协作，相互配合，每一条线都重要，少了谁都肯定赢不了球。

我们也经常给管理人员讲，我们更应该把服务工作做好。我给他们举例子，科学院建院初期，科学家都是像钱学森这样赫赫有名的人物，从国外回来，帮助国家做"两弹一星"的研究。管理工作者，也大都是战场上有赫赫战功的人。但是他们没有居功自傲，不认为自己是从战场上下来的，立过功，就不去提供更好的服务和支撑。科学家和管理者，他们配合得很好啊。你说两个截然不同的领域的人，截然不同的教育背景的人，他们的想法肯定是不一样的，但他们在科学院建院的时候都能够做好服务，提供最有力的保障。

我们没在战场上立过战功吧，为什么不能够给科学家做好服务呢？

慢慢地熏陶、沉淀，把这三条线，把他们的分工定位定好，形成一个有机的整体，这才是重庆研究院。

作者：其实各种文化的碰撞，最直接的体现就是您说的这三条线的碰撞。

韦方强： 因为各个单位的体制不一样，高校有高校的文化，科研单位有科研单位的文化，公司有公司的文化，它的管理体系都不一样。大部分的人就觉得是我原来的体制好。一个人到了一个新单位，往往是什么样子呢，他会拿着原来单位对自己有利的方面来比较新单位对自己不利的一些方面。

人都是这样子的，包括我个人也是这样子，只要是人他就不可避免，就会放大原单位体制的优势，来看新单位制约他的方面。

所以就会有碰撞。但这也就说明，一个新的单位形成自己的独有的文化特性的重要性了。

作者： 在形成重庆研究院的文化方面，做了哪些努力？

韦方强： 面对困难，我们也是在努力地改变。

要不断想办法稳住我们的人才，巩固我们的成果，形成我们自己独特的文化，我们的理念是"创新为魂、市场为本"。

我们创新为了什么？为了创业。

创业当然有两层含义：一个是本身研究院要发展创业；另外一个是要为社会创造价值。因为我们这个研究院和科学院其他的院所不一样，其他的研究院的科学研究就是前沿的科学理论的研究，导向就是这样；而我们的导向是要面向市场，要创造价值。

创造价值以后，那它的分配机制必然会有所不同。你看我们现在已经有了亿万富翁，原来也和我们一样，都是实验室里面的研究人员，但现在身价上亿了。

那么，这个分配机制必须去找到一种平衡，谁能够先把事情做好？谁能够先创业？谁能够做出贡献？我们鼓励你先走出来，鼓励你先成亿万富翁。但是最后要共赢。

市场上获取的东西，大家都有，就是要有共享。不管是科研人员也好，管理人员也好，还是技术支撑的人员也好，都在作贡献，作了贡献的话，为什么不能从中获益呢。所以我们鼓励进行成果转化，然后反馈给每一个人。

转化制度、分配制度，我们都进行了一些探索，这样的探索是步子应该大一些，还是应该缓一点，各有各的看法，但总的来说，我们思想是解放的，是根据市场规律在办事的。

袁家虎

中国科学院重庆绿色智能技术研究院院长

作者： 十年发展，您是最初的筹建者，也是十年的守望者，领导、参与和见证了重庆研究院十年来的变化，现在我们用报告文学的形式来记录十年发展的故事，您觉得有什么样的意义？

袁家虎： 我们关注重庆研究院发展的十年，是要把重庆院的发展和社会经济发展紧密联系，然后去分析，去进行延展思考。特别是现在世界科学技术发展日趋迅猛的情况下，科研机构发展的方向，是科研机构自身关注的话题，其实也是全社会关注的话题。

其实大家关注的，更多是科技和经济两张皮的问题。就是科研和经济不结合，中国的科技发展对中国的经济贡献有限。这方面，我们做了很多尝试。当然，我们也没有解决好。我们的尝试，主要就是怎么做成果转化，怎么让科研有价值，怎么让企业家能够走到一块。不能说效果很大，但还是有一定的成效，而问题也实际存在。

现在我们的科研人员面临着各种挑战。首先在价值观上，在科研的学风上，在创新的自信上，在教育对创新人才的培养上，整体上都还存在着明显的不足。如果这些不足没有解决好，你想走到所谓的国际一流，那就是吹牛。所以我们现在天天说做到国际一流，一到较劲的时候就不行啦，这就是当前我国的科研要力图解决和克服的问题。科技的泡沫也是比较明显的，未来若干年，要解决前些年这些科技泡沫问题。

围绕这一系列问题，现在来写这部报告文学，其实就是记录的过程，也是思索的过程。要让大家能够看我们的成长史，能够感受到我们哪些地方还没有做好，也能感受到我们还是做了一些成绩。至少，要让读者感受到我们的探索。

实际上这些年，我们一直按照两个理念在进行探索。

第一句话是"创新为魂"。

创新为魂就是讲自己要敢于创新。作为科研机构，你当然要创新，这是你的灵魂，你要做原创，敢于原创，敢于做最好的事，敢为人先。国家级科研机构，你得有这个担当。现在的招商引智越来越难，只有靠自己的科研机构来提供技术，那么我们是国内最高的科研机构，这就是你的责任，你就要去做创新的工作。我们要做未来的事，这就是我们对于创新的理解，就是做企业做不了的事，企业会做的事原则上我们就不做，我们需要做到前面去。大家这样就形成一个错位发展。

第二句话就是"市场为本"。

市场为本，就是我们讲创新的终极目标是为了技术进入市场。所以衡量这个技术有没有用，就看它能不能进入市场，能不能在市场上有一席之地。我们经常说我们科学家怎么厉害，但是没有多少人的技术用到日常商品上，真用的时候还不行。我们用市场来评价你的水平，评价你技术有没有用，这个评价就是破四唯了。

要把"创新为魂、市场为本"这两点做好，我认为中国的高端科研机构，就应该是这样的。

作者：重庆研究院在发展的十年时间里，一直在探索如何解决"科技研究"和"经济发展"两张皮的问题，在成果转化方面，您具体谈一谈有些什么样的探索。

袁家虎： 怎么做好成果转化这个事呢？

第一个还是思想认识。

现在普遍做得不好的原因，首先还是认识决定的。实际上有很多高校，不是没有能力转化，也不是没有成果，是因为高校的定位。高校的定位就是培养人才，或者主业是培养人才，是用人才来服务社会，不是用成果来服务社会。这是它们的定位。因为有这样一个认识，从考评上，你转不转化，都没有关系，转化了没人表扬你，不转化也没人批评你。但我觉得，作为科研单位就是要搞科技创新，科技创新不转化就很奇怪，不转化就没有充分发挥科技的价值。

我们把科技创新分为基础研究和应用研究。除了搞宇宙天文等研究，跟社会经济发展暂时没有多大联系，剩下的绝大部分，我们所听到的，看到的，实际上都是可以应用的。如果这些应用研究，没有去转化，或者没有真正去用起来，研究就浪费了。而且你把成果已经研究出来了，然后去把成果转化应用，本身也不矛盾。

所以我们把科技成果的产业化转化看成是一个科学研究的延续，是一个自然的过程。

其实中央早有指示精神：科学技术就是要面向国民经济主战场。但是，实际上我们具体执行的科研单位，大家认识是有很多不同的，或者说是有模糊的地方。相对来说我们重庆研究院，因为它的历史发展不一样，我们把"成果转化"作为一种责任。

第二是要建立整套的体制机制。

我们的激励机制，搞得很早，很多政策是在国家政策出台之前，就已经开始在做，在不断探索转化之中。当然，这里面还有一点，也是我们最近在思考的，就是你的转化首先要基于你的研究。转化一些低水平的，或者只是去做一些技术整合，这些都是不行的。转化要基于你的原创技术，然后把这些技术去做推动。因为科研机构首先要研究，你要是没做很深入的研究就去转化，就没有达到初衷。这个意思就是说你首先要有技术，然后再去做转化。

还有一点，也是大家比较困惑的，就是科研机构的技术要去推动社会经济发展，面向国民经济，你要怎么去实现，实现路径是什么？我们现在做得比较多的模式就是建立合资公司。

还有一个有效的途径，就是围绕行业做。围绕行业我们做一系列的示范，通过人脸识别这个技术确实在机场推动了机场安检的革命性变革。通过新技术渗透到这个行业，用一系列的示范和合作，改变这个行业的管理模式，生产方式。民航机场的安检模式，以前主要是靠人，以后主要是靠机器，模式改了，技术起作用了，推动了这个行业的发展，这是科研单位通过技术扩散，对社会经济发展产生影响的有效模式。

目前而言，成果转化率还是不高，这是我们需要加强的。成果转化效率不高，好公司还很少。我们想下一步做更好的模式，让成果转化的过程更有效，这里面还有很大的发展空间。有的公司做得好，科研人员下海学习能力强，产业的运营迅速就能抓起来。但更多的科技工作者是做不好企业的，他们不懂市场，所以在转化的过程中，每个环节都得有一批专业的人来做。科研人员最好还是去做他擅长的，他亲自下海当总经理，这个失败率很高。

这些都是我们这些年的经验教训。

作者：其实，西方国家一直在对我国进行科学技术的封锁。当然，有的时候封锁相对宽松一点，有的时候严重一些。面对这种不确定性的国际环境，我们探索出来哪些好的方法，值得去推广？

袁家虎：所以我刚刚说过，要真正树立自立自强的科技思想。

我们原来有一种，甚至说是现在无形中都还在做的一种模式，就是拿来主义。当然，说得好听一点就是合作嘛，国际合作、国内合作都是合作。前些年，大环境约束比较少的情况下，实际上科技的流动性比较强，就是只要有资源，哪怕基础很差，没关系，可以花钱建机构，把最好的科学家请进来，再按照他的要求把最好的实验室建起来，他马上就能从基础很差变成世界上很好的研究中心。但这种方式的前提有两点，第一就是科学家的流动性很强，就是你必须要请得动他来；第二是投入的资源足够，如果你投入的和国际上的投入强度差不多甚至更强一些，那就可以请国际上最好的科研人员过来。

这种做法是比较见效的，特别是基础比较薄弱的地方，站在巨人的肩膀上，总能看得更远一些。其实，国际国内，都是这样在做的。

但是，这也存在一个问题，就是你缺乏扎实的功底。所以我们现在真需要去突破的时候，发现底蕴不够。其实这也是工匠精神，工匠精神就是长时间积累的心得，科学研究是一样的，也需要长期实验数据的积累，才能够认识得更深刻一些，才有可能在充分深刻认识的基础上取得一些原理性的突破。

"拿来主义"的方式来得快，但是最后发现，你还是跟着人家的思路在走。尽管能很快建一个跟国际水平差不多的平台，但你整个走法就是学人家，照搬人家，没有原创，我们一直把自己作为一个跟随者。

某种角度来讲，作为一个跟随者也可以。做不了第一名，因为第一名要多花很多资金投入，这种黑暗中的探索要浪费很多资源，于是就做第二名第三名嘛。

可一旦国际环境发生变化，人家不要你跟着啦。

这个时候，第一是要做你想做的事，要做长时间的规划，十年、二十、三十年，甚至更长时间的积累，把基础打牢。再就是跟着人家走的过程中，能不能在中间提出一些新东西？但首先是要能坐下来，静下来，花时间去研究，自立自强。去"浮躁"心态，不要想着马上出成果。你有坚实的基础了，自然就慢慢地走到前面去了。

当然另外一方面呢，还是合作和交流。在平等情况下，大家可以在科研基础上进行交流，这是没有问题的。从具体战略上，我们还是抱着一个非常开放的态度，不管是国内还是国外，因为整个科学研究，交流本来就是一个很重要的方式，在交流中可能产生很多创新的东西。

虽然国际环境中会出现一些不能确定的情况，但在可能的范围内继续交流，甚至合作得更深入一点，我们是一直坚持在做的。我们有很多合作的渠道，从外面回来了很多专家，通过他们和国外的一些机构建立一种稳定长期的合作。

作者：现在已经发展了十年，马上面向未来的下一个十年，对于后面的发展，您有些什么样的规划？或者说主要的方向是什么？

袁家虎：要推动成渝地区双城经济圈建设，在西部形成高质量发展的重要增长极。中央赋予成渝两地新的重要使命——强化重庆和成都的中心城市带动作用，使成渝地区成为具有全国影响力的重要经济中心、科技创新中心、改革开放新高地、高品质生活宜居地，助推高质量发展。

总书记对我国"十四五"发展提出一系列新论述新要求。谋划重庆"十四五"发展，必须深刻领会总书记重要讲话精神，深入分析新时代特征，认真践行新发展理念，力争在构建新发展格局中展现新作为。

就科技工作而言，建设具有全国影响力的科技创新中心必然是重庆"十四五"科技工作的核心内容。

建设科技创新中心，其本质就是要构建"创新生态圈"。在这个"生态圈"里，要让创新资源不断集聚、创新要素不断激活、创新生态不断优化、创新活力不断迸发，通过创新催生发展动能，通过创新驱动"十四五"高质量发展。

首先是加强基础研究和关键技术攻关。

加强基础研究和应用基础研究，提升原始创新和关键核心技术研发能力，围绕对经济社会发展影响面广、影响周期长的领域，加强基础研究布局，加大关键技术攻关力度，必将有效带动区域经济社会整体发展。

一是信息技术领域。人工智能和大数据技术领域的飞速发展，深刻影响和改变着人们的生产生活和社会发展，以人工智能为核心的信息技术将成为未来社会发展的重要支撑，成为传统产业升级的重要手段，并衍生出更多新的产业形态，形成新的经济增长点。

二是生物医药健康领域。随着社会的发展进步，人类对自身认识不断深入，对健康生活不懈追求，生物医药健康技术将成为社会发展的基础支撑技术，催生大健康产业迅速崛起，推动医药健康领域进一步活跃和突破。

三是微纳制造领域。微纳制造是指尺度为毫米、微米和纳米量级的零件，以及由这些零件构成的部件或系统的设计、加工、组装、集成与应用的技术。近年来，制造业发展的一个重要特征，就是各种功能原件集成度越来越高，微传感器、微执行器、功能微纳系统等，成为仪器、设备的基本单元。半导体制造的光刻，纳米压印、刻划以及原子操纵等微纳制造，已然成为新制造的基础支撑技术，将对制造业的升级产生深刻影响。

要提升科技创新能力等等，就要加快补齐创新短板，从源头入手，从布局抓起。

其次是凝聚高素质创新人才队伍。

创新的核心要素是人。建设高素质人才队伍既是科技创新中心建设的关键，又是难点。

凝聚创新人才队伍，需要在全社会进一步倡导尊重人才的风气，大兴识才爱才敬才用才之风，营造良好的人才发展环境，整合各种人才政策，从事业、生活等方面形成配套支撑，让人才安居乐业、潜心致研。

同时，应尽快制定相应的人才规划，针对不同层级人才的不同诉求，制定引才育才举措。充分发挥重庆物价低廉、环境优雅、生活优越的优势，扬我所长，揽才聚智。

此外，人才发展应与创新链培育深度嵌入，要着力构建以创新创业环境优势、城市宜业宜居优势、生活成本竞争优势为核心的国际人才高地，通过人才结构调整和人才层次提升，优化产业结构，提升发展能级。

第三是引导科技和产业融合发展。

当前，我国科技和经济"两张皮"的问题依然存在。构建"创新生态圈"，尚需营造科技与产业融合发展的环境。

新冠肺炎疫情带来的全球经济大变革，也为全球创新链、产业链、供应链再造重塑带来新机遇。因此，科技创新中心建设必须着眼国际、国内两个市场，坚持"走出去、引进来"，通过深化改革开放，深度融入全球产业生态体系。

具体而言，一方面要有高水准专业化的成果转移转化中介服务机构，要搭建多层次投融资平台，形成规划发展与科技布局相对应的产业集群；另一方面要加强科学家与企业家的交流，探讨成果转移转化规律，形成有针对性的举措，带动新兴产业发展，形成科技和产业共同繁荣的局面。进一步推动科技攻关重点与主导产业需求相匹配，大力培育以新技术为引领的高科技产业集群和产业生态圈，加大新兴技术的应用和培育。

最后是弘扬科学精神激发创新动力。

在科技创新中心建设中，文化建设意义深远。

需要大力弘扬胸怀祖国、服务人民的爱国精神，勇攀高峰、敢为人先的创新精神，追求真理、严谨治学的求实精神，淡泊名利、潜心致研的奉献精神，集智攻关、团结协作的协同精神，甘为人梯，奖掖后学的育人精神。大力弘扬科学精神，使科学精神深入科技创新中心建设，形成积极向上的文化力量和强大持久的创新动力，不断推动创新发展。

当然，建设科技创新中心，不能只局限于科技范畴，还应该加快建设从研发到产业化，进而与社会发展紧密联系的创新体系，既与国内外创新要素结合，又与重庆产业和社会融合，使之成为经济社会发展的动力源，从而促进经济社会高质量发展。

未知已知

"一无所知的世界，走下去就会有惊喜。"

这是我在这本书的第一章，写下的第一句话。

写这句话的时候，我眼前浮现出了这样的画面：三个目光坚毅的男人，从不同的地方向着重庆而来，面带微笑，步伐铿锵。

换种方式说，就是三个外地人，来到了我的家乡，来到了重庆。

当然，大家都知道这三人是谁。

但我还是愿意在这里再一次念起他们的名字：袁家虎、高鹏、战超。

来到重庆，对于他们三人而言，一切都是未知，未知就意味着惊喜和惶恐；对于重庆而言，三人带来的是科技事业发展的希望和未来。

人生之中，很多时候都在面临着选择。

选择，是为了改变；改变，是为了梦想。

于是，袁家虎三人，选择了来到重庆，选择了重新创业。

这样的选择，意味着将面对的未知是不可预测的，也是不可逆转的。

这样的选择，意味着将放弃过往的安逸与舒适。

这种选择时候的心境，我能感同身受：曾经的自己，也为了追求未知的惊喜，而放弃已有的舒适。虽然我也知道，伴随着惊喜的，一定还会有来自未知的惶恐与不安。

在接到为中国科学院重庆绿色智能技术研究院写十年院庆报告文学的邀请时，我是兴奋而激动的。

整个采访过程，对于我来说，是一个接受科普的过程。

过程艰难但充满愉悦。

艰难，不仅仅是一个又一个生疏枯燥的科学名词和科学原理的解读，还有自然科学研究者区别于社会科学研究者的思维方式与表达方式。

科学思维善于把复杂的世界概念化、明确化、单纯化。科学家能够从纷繁多变的客观现象中去寻找规律，发现本质，归纳概念，变混沌为清晰，变偶然为必然。

文学思维则善于把现实世界形象化、模糊化、丰富化。文学家喜欢用感性的方式捕捉现实的生动瞬间和个性差异，描绘生活的点点滴滴、精彩多样，追求个人的精神世界和自我感受，变点滴为大海，变平淡为神奇。

再加上部分科学工作者们高度概括、简练的表达方式，为整个采访带来了超出预期的困难。

愉悦的是，我们同样对于个人命运的追求和愿意为了这个时代而奋斗的精神。

无论是年少还是年长，无论是科技研究人员还是科技服务人员，无论是留学于海外还是求学于国内，他们对于个人事业的追求之心，对于发展地方和国家科技事业的拳拳之心，都让人感怀。

在一个个科研成果的背后，在一个个成果转换的背后，我更关注他们的柴米油盐，关注他们的喜怒哀乐。

所有的挣扎和拼搏，所有的难过与喜悦，所有的坎坷与坦途……

整个叙述过程，我的文字缓缓道来，亦如竹溪河的水流，缓慢中又充满浪花，希望用这样的语言方式把我们的科学家和科技工作者们还原到本真的面目。

在中华民族发展的历史进程中，涌现出了一代又一代科学家。他们投身祖国建设、献身科学事业的历程，集中展现了胸怀祖国、服务人民的爱国精神，勇攀高峰、敢为人先的创新精神，追求真理、严谨治学的求实精神，淡泊名利、潜心研究的奉献精神，集智攻关、团结协作的协同精神，甘为人梯、奖掖后学的育人精神。

是的，这些都是这个时代需要，并为之弘扬的精神。

过往的许多文学或影视作品中，对于科学家的描述都是高高在上，不食人间烟火的"神"，值得我们敬仰和追随。

而在这本书中，我希望将他们还原成为本真的人。

人，就有喜怒哀乐，就有对于荣誉、财富和职务的需要和追求本能。

所以在关注宏大历史叙事的背后，我更关注科技工作者们的喜怒哀乐，关注他们的所思所想。

所以我让这本书的整个叙述是温情的，也是思辨的。

我希望讲述这十年或者说十多年前开始筹建重庆研究院以来所取得的成绩背后，还进行了哪些实践和科技氛围的营造探索。

更希望这些思辨性的探讨，为下一个十年的发展带来一些有益的启迪。

这样的思辨性探讨，也只有把所有的科技工作者还原到本真的状态，放到时代发展的大背景下去思考，才能产生一些有意义的回答。

当然，这种回答是没有标准答案的。

因为，我们的每一种探索都有不同的精彩。

感谢重庆研究院，给了一个让我走进并记录你们的机会；感谢让我能感知你们的痛苦和分享你们的荣耀。

同时，也要感谢重庆研究院关媛媛、张莉娅、李静、文杰、黄菊萍和我团队的各位小伙伴，在协调采访、校稿、排版等各个环节中的诸多付出。

向所有的科技工作者致敬，有了你们，我们的世界注定精彩。

对于未知的世界，我们始终心存敬畏和憧憬。

对于未知的探索，我们始终饱含激情和斗志。

十年前，你们铿锵而来，未知已知。

但在未来，还有更多的未知！

作者：唐文龙

2021年11月完稿于照母山